JN094603

原田クンユウ
HARADA KUNYU

幻冬舎 MC

偽装の家族

目次

プロローグ

「なになに、あのパトカー？　何かあったの？」

　明慶大学医学部のキャンパスには多くのパトカーと警察車両と思われる黒いワゴン車が数台けたたましいサイレンを鳴らしながら駆けつけ規制線が張られ、辺りは物々しい雰囲気に包まれた。建物の中から刑事と思われる目つきの鋭い男が多数人出てきた。そして彼らに囲まれるように両手に白い布をかけられた男がうなだれたまま連行されていた。賢太郎だった。

　その日の手術を終え、臨床棟から研究棟へ戻ろうとしていた佐々木を物陰から窺っていた賢太郎がナイフでその胸を刺したのだった。賢太郎は倒れ込んだ佐々木に馬乗りになり、さらにナイフで刺そうとしたが、周りにいた柔道部の学生数人が賢太郎を押さえ込み、佐々木から引き離した。ナイフは急所を外れていた。

　三時過ぎのキャンパスは大騒ぎになった。賢太郎は駆けつけた警備員に取り押さえられ、間もなく警察が到着した。賢太郎は複数の刑事にいとも簡単に取り押さえられ、手錠をかけられた。さして抵抗することもなく、茫然とたたずむ彼の姿を周りの人々はおぞましいものを見るような目で眺め、この静謐なキャンパスを汚されたことに少なからず憤りを覚えていた。その実、この医学部こそ魑魅魍魎の住む世界であり、決して清廉潔白なそれでないことはそこにいる多くの者が知ってはいたのだが。

　賢太郎は警察車両に押し込まれ、四谷西署に連行された。すでに事件を嗅ぎつけたマスコミが警察署の前に群がっていた。大学病院で殺傷事件が起こったことはおそらくスキャンダラスに報道されることだろう。

「白い巨塔でいったい何が⁉」新聞や週刊誌の見出しが目に浮かぶようだった。

フラッシュが無遠慮にたかれる中、賢太郎を乗せた車両は専用の入り口に入っていった。両脇を捜査一課の刑事に固められ、腰縄をつけられた賢太郎は取調室に直接連行された。安っぽい机とパイプ椅子だけが置かれたその部屋にはすでに西日が長い影を伸ばしていた。

「ここに座れ」

取り調べを担当する三十代と思われる刑事は威圧的にそう言った。賢太郎は黙ってそれに従った。

「名前、住所、本籍地、職業を述べろ！」

手錠こそ外されてはいるが腰縄は椅子につながれたままであった。賢太郎はぼそぼそとそれに答えた。しかし、本籍は今に至るまで彼自身知らなかった。これまではいつも自分が育った小菅の施設の住所を代用していた。また職業については小説家、とだけ答えた。

「はぁ～？　本籍がわからないだと？」

「施設で育ったもんで……」

「施設？　孤児院上がりか？」

その若い刑事は小馬鹿にしたような薄ら笑いを浮かべた。

「孤児院って……」

賢太郎にとっては屈辱的な言葉だった。

「親に捨てられるような奴だからこんな大それたことをしたのか？」

その挑発的な言葉に賢太郎は自分を失いそうになった。ぶん殴ってやろうかと思ったが腰縄が強くそれを制止していた。

「なんだ～？　お前、今度は公務執行妨害か～？」

刑事はそう吐き捨てるように言った。

「それに小説家って……。お前、どんな本書いてるんだ？」

賢太郎は思わずうつむいた。

「どうせ、売れもしない三文小説かエロ小説だろう？」

賢太郎は返す言葉がなかった。それがまさに真実だったからだ。売れもしない三文小説、それもエロ小説。昨年末送られてきた出版社からの税務関係の書類には印税、８４９４円と記されていた。一年間の印税が一万円にも満たない物書きなど小説家と言えるのだろうか？　その辺のコンビニでバイトしている外国人のほうがよっぽど稼いでいる。賢太郎はそれを思い出して、自虐的に笑った。

「てめえ、何笑ってやがるんだ！」

それを見た刑事は机を拳で殴りつけた。

取り調べは四時間にも及び、両手の指紋とＤＮＡ鑑定のための頬部粘膜の一部を採取され、その長かった一日は終わりに近づいていた。心身ともに疲れ切った賢太郎は署内の留置場に入れられた。殺人未遂事件の重要参考人ということで彼は一人部屋に入れられた。そのときから彼は菊池賢太郎ではなく「61番」になった。

それでも賢太郎に後悔はなかった。佐々木を殺しそこねたことにはいささか忸怩たる思いはあったが、奴がこの先どうなろうと知ったことではない。とにかく一矢報いてやりたかっただけだ。そしてこの先自分がどうなろうと、もう彼にはどうでもいいことだった。遥香を失い、我が子を失い、初めての家族でいることの喜びを奪われた今、もはやこの世に何の未練もない。早く遥香の元に旅立って今度は何のしがらみもなく、彼女と温かい家庭を築きたかった。

生まれてくる男の子の名前は「智彦」と決めていた。智慧のある優しい子に育って欲しいとの思いを込めて二人で悩んだ末に決めた名前だった。この子の成長を二人で見守りたかった。ささやかな、そして賢太郎にとって初めての家庭の温かみを満喫したかった。それがそんなに悪いことなのか？　自分の人生にはそんなことすら許されなかったのか？　自分は何のためにこの世に生を受け、そして何のために今生きているのか？

もはやここに自分の存在する場所はないし、存在する意味もない。

遥香はどうだったのだろう？　彼女は素封家の一人娘としてこの世に生を受け、世間一般的には極めて幸せな人生を送ってきた。両親、祖父母からあふれんばかりの愛情を受け、恵まれた環境で自分の才能を開花させ、脳外科医という一流の職業に就き、何不自由のない人生を送ってきた。自分に出会うまでは……。

そう、彼女の人生は自分に出会ってしまったがために大きく狂ってしまった。もし遥香が自分と出会いさえしなければ、彼女はふさわしい相手と結婚し、これまで同様何不自由のない幸せな人生を謳歌できていたであろう。

賢太郎はすべてが自分のせいだと責めることしかできなかった。狭い独房の中で誰が使ったのかもわからない薄汚れた黄色の毛布にくるまってまんじりともせず夜が明けた。

翌日は早朝から地検と裁判所に護送される。検事は女性だった。ここでも厳しい取り調べがあるのかと嫌気がさしていたが、ただ事務的なやり取りであっという間に終わった。四谷西署に戻り、再び厳しい取り調べが続いた。

起床後、「運動」と呼ばれる二十分ほどの自由時間がある。鉄格子に囲まれた「屋外」で髭を剃ったり軽い体操をしたり、爪を切ったりする時間だ。この時間は他の容疑者と接することになる。彼らは他の人間に敏感だ。賢太郎がなぜ捕まったのか不思議と情報が漏れている。一人の若い男が話しかけてきた。

「兄さん、やっちゃったんだってね?」

刃物で人を刺すしぐさをしながらにやにやと小声でそう言った。賢太郎はそれには答えることができなかった。その通りだった。自分は人を刺し殺そうとして、今ここに入れられている。

「相手、死んだの?」

彼はさらに無遠慮にそう尋ねた。

「いや……」

賢太郎は曖昧にそう答えた。

「そっか、それは残念!」

男はおどけてみせた。賢太郎は思わずむっとしたが、そのとき、看守が、

「おい、そこの二人! 無駄話するんじゃない!」

と二人を制した。若い男はちっと舌打ちをして離れていった。賢太郎は早々に自分の独房へ戻った。佐々木を殺すことができなかったのは残念なことだったのだろうか? 奴を殺したところで遥香が、我が子が戻ってくるわけではない。もはや彼の生き死になどどうでも良いことだった。

「運動」の後はいつもの朝食だ。食事は三食とも冷えた弁当で、小さな差し入れ口から供される。醤油とソースは出されてもすぐ引っ込められる。過飲による自殺予防だろうか? 当然、食欲などあるはずもない。

その後、新聞が順番にまわってくる。おそらく容疑者に関係するであろう記事は削除されている。賢太郎が読むことはない。自分の事件も新聞に載ったのだろう。医学部のキャンパスで起きた殺人未遂というマスコミが喜びそうな事件だから、ふとそんなことを考えた。

排泄は独房内の奥の穴にする。外からはかろうじて見えないようにはなっているが臭いは充満する。硬いちり紙でケツを拭く。いくら拭いてもきれいにならないような気がする。間もなく取り調べの呼び出しがあり、いちいち手錠、腰縄を付けられ取調室に連行される。

刑事の取り調べは相変わらず威圧的だった。自分たちの描いたストーリーに沿った自供をするまで執拗に尋問を繰り返す。少しでもそれから外れると机を叩いて威嚇する。

これが取り調べというものか……。罪を軽くしようと考えていない賢太郎にとってはどうでも良いことであり、ときにふと笑みを浮かべるとそのたびに「なめているのか！」と罵倒された。

勾留されてから四日目の夜、賢太郎は失禁した。生まれて初めてのことでさすがに動揺した。恥ずかしくて惨めで看守に言うこともできず、下着だけを密かに脱いでその晩は我慢した。翌朝もそのことは看守には言わず、布団はいつものように押し入れにしまい込んだ。

刑事事件の起訴前の勾留期間は十日間、一回に限り十日間の延長が認められ最長二十日間である。取り調べは順調に進んだ。それは賢太郎が反論も否定もせず、ただただうなずくだけだったからだ。彼は素直に調書にサインした。これで警察としては自白が得られたということになるのであろう。

二十日間の勾留が終わり、賢太郎は殺人未遂で起訴され、東京拘置所に移送された。おそらく実刑は免れないと国選の弁護士に言われた。裁判ではなるべく素直に反省の弁を述べ、情状酌量を得るほうが得策だとアドバイスをされた。しかし、賢太郎には罪刑がどうなろうとそれはもうどうでも良いことだった。

拘置所に移送されてから十日目の夜、賢太郎は看守の目を盗み暗い拘置所の独房の中で遥香のもとに一人静かに旅立った。

賢太郎は一人で生まれ、一人で生き、そして一人で死んでいった。

第1章　孤独な男

「おそらく下垂体腺腫だと思います」

　城東総合病院脳神経外科の副部長である高倉遥香は先週撮影した頭部ＭＲＩの画像を供覧しながらそう説明した。

「かすいたい……、せんしゅ？　ですか？」

　狭い診察室の丸椅子に座っているその男は動揺を隠しきれない表情でそう問い返した。ぎゅっと握りしめた両手はじっとりと汗ばんでいた。そして彼は右人差し指のペンダコを無意識にむしっていた。電子カルテの一番上には「菊池賢太郎」の名前が記されている。

　賢太郎は半年前から起床時の重苦しい頭痛と、なんとなく目が見えにくくなっていくのをおぼろげに感じていた。それでもお金がなかったことと、そして何より病院に行くことが何となく恐ろしく、受診することをためらっていた。バイト先の同僚に勧められてようやく重い腰を上げたのだった。

「それって……。どういう病気なんでしょうか？」

　彼は努めて冷静に問い返したが、その声は震えていた。

「脳の中の、主にホルモンを分泌する下垂体という小さな臓器から発生する脳腫瘍です」

　遥香は端的にそう説明した。

「脳腫瘍……」

賢太郎は奈落の底に突き落とされたような絶望感に包まれた。座っていても眩暈がするような気がした。

「でも、菊池さん、下垂体腺腫の大半は良性で手術をすれば完治も可能です。もちろん手術に伴う合併症についてはご説明しておかなくてはなりませんが」

賢太郎は混乱していた。脳腫瘍？　良性？　手術？　手術って痛いんじゃないのか？　仕事はどうしたら良いのだろうか？　お金はいくらかかるのだろうか？　入院したら誰が自分の面倒を見てくれるのだろうか？　自分はこの先どのくらい生きられるのだろうか？　いろんなことが一度に頭の中をぐるぐると巡り、彼は気分が悪くなった。

「菊池さん、大丈夫ですか？」

後ろによろけるようにバランスを崩した賢太郎の肩を、脇で付き添っていた看護師が支えた。

「だ、大丈夫です」

彼はかろうじてそう答えたが、もうこれ以上この場にいたくなかった。しかし、遥香はさらに説明を続けた。

「この下垂体腺腫という疾患は……」

専門用語が頭の中をぐるぐると巡り、賢太郎は言われたことの一割も理解していなかったが、それでも少しは理解しているかのようにときどき小さくうなずいた。

「手術についてまた改めてご説明したいと思いますので、次回はご家族の方も一緒に受診していただけますか？」

遥香は当たり前のようにそう続けた。

「あの……。私、家族はいないので……」

賢太郎は四歳のときに施設に引き取られた。母親が場末のホステスで、アルコール依存に加え覚せい剤にも手を出すほど荒んでいた。父親はいない。

母親は育児を放棄し、彼は食事も満足に与えられなかった。彼女は次第に虐待まで繰り返すようになり、彼の全身はあざだらけで、腕には煙草の押し付けられた痕がいくつもあった。

見かねた近所の住人がようやく児童相談所に通報し、彼は施設に入ることになった。その体重は二歳児のそれであり、言葉の発育も若干遅れていた。それでも施設のスタッフの献身的な援助で、中学までは何とか卒業し、彼はようやく笑顔を取り戻した。ただ、控えめで、遠慮がちな彼はいつも部屋の隅で本を読んでいるような子どもだった。

施設を出た彼はその後、働きながら夜間の定時制高校に進んだ。生きるためにありとあらゆる仕事をした。工事現場、引っ越しのバイト、飲食店での皿洗い、住み込みのパチンコ屋、果ては風俗店の送迎まで何でもやった。当然、暮らし向きも良くはない。食事はまかないかコンビニ弁当。たまに食べる牛丼の大盛りが彼にとっては一番のご馳走だった。

彼の唯一の趣味は本を読むことだった。施設での暗い生活も本に救われた。仕事で疲れ果てた後でも、彼は本を読んでいる間だけは幸せな気分になれたのだ。

柄にもなく恋愛小説が好きで、十代後半の彼は小説の中でだけ自由な恋愛を楽しんだ。色恋だけではない。小説の中では彼は、大人気のイケメン俳優にも、ヒルズに住んでいるＩＴ社長にも、そして大流行作家にもなれた。無論、現実の世界では彼は十人並みの容姿で、金はなく、二十三歳まで童貞だった。北千住の風呂なし共同トイレ、築四十五年のボロアパートの四畳半で、深夜までそんな恋愛小説を読み耽る、そんな生活を送っていた。

そのうち、彼は自分自身でも小説を書くようになった。それはたわいもない恋愛小説もどきであったが、彼はその新しい世界にのめりこんでいった。いくつかの懸賞にも応募してみた。だが、しょせんは素人小説であり、すべて一次審査落ち。

自分の小説の何が悪いのか自分ではまったくわからなかった。ある程度の数の小説を読んでいたこともあり、自分ではかなり書けていると思っていたが、ことごとくはねられた。それで生計を立てていくことなど到底無理だった。

それでも彼は三年間、バイトで食いつなぎながら懸命に新作を書いていった。四年目の春、大手出版社の新人懸賞に応募し、初めて一次予選を通過したが、その後は鳴かず飛ばずだった。

そんなとき、以前のバイト仲間が小さな出版社で編集の仕事をしていることがわかった。賢太郎は藁にもすがる思いで、新宿三丁目の裏通りにあるその出版社を訪ねた。古ぼけたビルの三階にその出版社は看板を出していた。内心、もっと立派な出版社を想像していた賢太郎はいくばくかの失望を覚えたが、それでもと意を決してドアをノックした。

「あの～。編集の田辺さんとお約束した菊池ですが……」

彼はドアを半開きにして中の様子を窺った。中には事務員と思しき中年女が一人退屈そうに座っていた。

「はい？　田辺さん？」

彼女はネイルを乾かしながら上半身だけ賢太郎のほうを向いた。

「はい、菊池と申します」

小太りのその女は賢太郎を無遠慮にじろじろ眺めながら、

「今、ちょっと出てるから、そこに座って待っててください」

とだけ言うと、すぐに自分の机に向き直り、女性誌をペラペラとめくった。

賢太郎は仕方なくカバーが破れかけた古いソファに遠慮がちに腰掛け、田辺の帰りを待つことにした。田辺とは五反田のパチンコ屋で働いているときに同じ住み込みの部屋で同居していた仲だった。お互いに天涯孤独の身の上で、そして二人ともこの上なく貧乏だったことから何となく気が合った。賢太郎にとっては社会人になって初めてできた、というか唯一の友人であったかもしれない。

賢太郎がパチンコ屋をやめてからは疎遠になっていたが、歌舞伎町の富士そばで偶然再会したのだった。どういう経緯か彼はその青弦社という出版社に就職していた。

二十分ほどしてようやく田辺が戻ってきた。

「おお、賢太郎！　悪い悪い。遅くなって！」

田辺はネクタイなんかしてちょっとした編集者然としていた。賢太郎はなんだかずいぶん差をつけられたようで、自分のくたびれたポロシャツと薄汚れたジーパンを恥ずかしく思った。

「ごめん……。忙しいところ」

賢太郎はうつむき加減でもそもそとそう言った。田辺はそんなことはまったく気にしていない様子でコーヒーを淹れてくれた。

「元気にしてたか？」

三つ年上の田辺はまるで兄のようにそう声をかけた。

「まあ、なんとか……」

賢太郎は相変わらずうつむいたまま小さな声でそう答えた。

「その様子じゃ、あの頃と変わり映えしないようだな？」

田辺は昔と変わらない笑顔でそう言った。賢太郎は曖昧にうなずくしかなかった。あの頃と何も変わっていない。その通りだった。なんとか現状から抜け出したいともがいてはいるが、実際はあの頃と何も変わっていなかった。

「んで、今日はどうしたんだ？」

田辺は内心少し警戒しながらそう続けた。

「実は……」

賢太郎は自分が小説を書いていること、いろいろ懸賞に応募してはいるがまったく芽が出ないこと、生活もこの上なく苦しいことなどを正直に話した。田辺はそれでも一つひとつ親身に耳を傾けてくれた。

「で、お前、どんなもの書いてるの？」

賢太郎は早速、持参した二、三の小説の梗概を見せた。田辺は一つ目の梗概を見ながら、

「賢太郎、お前、これって恋愛小説じゃないのか？」

そう言うと少し冷めたコーヒーを口にした。

「ああ、そうだけど……」

賢太郎は少し照れたように頭を掻いた。

「はあ⁉　恋愛小説？」

小太りの女が薄ら笑いを浮かべて二人のほうに向き直った。賢太郎は意味がわからず当惑した。

「賢太郎、悪いな。ここは普通の出版社じゃなくて官能小説、そう、エロ小説専門の出版社なんだ……」

田辺は申し訳なさそうに、半分空になった賢太郎のカップにコーヒーを注ぎ足した。

「エロ小説……」

思ってもみなかった田辺の言葉に賢太郎は少しの間、返事ができずにいた。

「お前……、エロ小説なんか書いたことないんだろう?」

無論、賢太郎はどちらかと言うとこれまでファンタジー的な恋愛小説ばかりを書いてきており、その中でも男女間のそういう場面は曖昧に描写していた。自分の経験が乏しいこともあったが、なんとなく苦手意識が先行していた。

「ああ、今までは書いたことない」

賢太郎は正直にそう答えるしかなかった。実際、その類の小説など読んだことすらなかった。

「どうする?　試しに一度書いてみるか?　無理強いはしないけど……」

賢太郎はしばらく返事ができなかったが、とりあえず生活の糧を稼がなくてはならず、無理を承知でやってみることにした。ちょうどそれまで契約していた年嵩の作家が糖尿病の悪化で入院し、青弦社としても新しい若い作家を探していたところだった。田辺の計らいで、三ヵ月後までに短編を仕上げ、その出来によってはその手の雑誌に掲載できるよう交渉する、という条件だった。

三流のエロ雑誌で原稿料も微々たるものだったが、賢太郎はそれでも小説を書いてお金をもらえるのであれば構わないと、自分を納得させた。その日、彼は田辺から数冊のエロ小説の単行本を借りて帰り、官能小説家としての第一歩を踏み出したのである。

前回の診察から一週間後、賢太郎は再び城東総合病院脳神経外科の外来を受診した。今年の東京は例年にも増して寒さが厳しく二月の木枯らしは独り身に沁みた。病院に着くと待合室はいつものようにごった返していた。予約時間から二十分ほど遅れて彼の受付番号が呼び出された。診察室は適温に調節され、賢太郎は着古したダウンを脱ぎ、遥香の前の丸椅子に腰かけた。今日は手術について説明を受けることになっている。

「菊池さん、お待たせしました」

遥香は優しい笑顔で彼を迎えた。

「あの……、ご家族はいらっしゃらないということでよろしかったですか？」

遥香は少し遠慮がちにそう確認した。

「はい。天涯孤独なもので……」

一週間が経ち、彼は少し冷静になっていた。下垂体腺腫について自分なりにいろいろ調べてみた。パソコンは持っておらず、ネットでの検索はできないので、本屋の立ち読みから得た知識だが、ほとんどが良性腫瘍であり、腺腫によっては成長ホルモン、プロラクチン、副腎皮質ホルモンなどさまざまなホルモンを分泌し、末端肥大症や乳汁分泌など種々の症状を呈すると書いてあった。

中にはホルモン非分泌性のものもあり、腫瘍が大きくなると近傍の視神経を圧迫し、視野・視力障害などの神経症状を呈するようになるそうだ。おそらく自分の視野・視力障害も腫瘍の圧迫症状によるものだろうと考えられた。

「手術の方法と合併症ですが……」

遥香は詳しく、そして丁寧にこれからの治療について説明した。立ち読みの知識でそれほど深刻な状況でないことはわかっていたが、それでもやはり体にメスを入れられるというのは賢太郎にとって初めての経験であり、恐ろしいものだった。

しかも、腫瘍が小さい場合には経鼻的腫瘍摘出術といって鼻の中からアプローチする方法が一般的だが、賢太郎の場合には視神経への圧迫が強く疑われる大きさにまで腫瘍が増大していたため、開頭術による腫瘍摘出術が選択されることになった。

「手術は先生が担当してくださるのですか？」

賢太郎は改めてそう尋ねた。

「はい。私でよろしければ」

遥香は穏やかな表情でそう答えた。患者の中には女医に手術されるのを嫌がる者もおり、こういう質問には慣れていた。

「もちろんです。先生、よろしくお願いします」

賢太郎は彼女の目をまっすぐ見てそう言った。

「わかりました。全力を尽くさせていただきます」

遥香もまっすぐ澄んだ目でそう答えた。

二週間後、賢太郎は生まれて初めて入院することになった。正確には幼少時に虐待を受けていた頃、しばらく入院したことはあったのだが、その記憶は賢太郎にはなかった。四歳の彼にはまだその記憶自体が曖昧だったのか、あるいは無意識のうちにその忌まわしい記憶を消し去りたいという思いがそうさせたのか、いずれにしても彼の頭の中からは幼少時の入院の記憶は欠落していた。

古い、それでも少し大きめのバッグに下着とわずかばかりの身の回りの物を詰め、彼は北千住の自分のアパートを出た。バス停まで歩いて十分ほどだが、なんだかいつもより長く感じられた。朝からじめじめと小雨が降っている。大きな荷物を持っているので傘をさすのはまったく面倒なことこの上なかった。

「なんかあると雨降るよな……」

賢太郎は自虐的にそう呟いた。彼は自分が不幸な身の上だからことあるごとに雨に降られる、と思っていた。施設での遠足もよく雨が降ったような気がする。実際は必ずしもそうではなかったのだが、そのたびに賢太郎は密かに自分のせいだと自身を責めた。

なかなかバスが来ないと焦れながら待っていたが、バスの遅れはわずか二分ほどだった。いつになくイライラしている自分に賢太郎自身が驚いていた。

通勤ラッシュを過ぎた時間帯であることもあり、バスの中は比較的すいていた。後ろから三番目の二人掛けの椅子に座ると、前に座っている男の子が後ろ向きに賢太郎のほうをちらちらと見ている。賢太郎が微笑むと彼も恥ずかしそうに首をかしげて少し笑った。これから自分は脳の手術を受けるために病院に向かっている。この先に何も楽しいことなど待ってはいないなどと悲嘆にくれていた賢太郎は屈託のないその笑顔と澄んだ瞳を見ると少しだけ救われるような気がした。

男の子はお母さんに買ってもらったのだろうか、パトカーのミニカーを賢太郎に誇らしげに見せた。賢太郎はもう一度優しく微笑んだ。母親が気づき、すみませんと頭を下げる。もしかしたら手術が失敗してこんな些細な日常も今日で終わりになるのかもしれない。大きな手術を受けるということで賢太郎はどこか悲劇の主人公になったような気がしていた。

日暮里で山手線に乗り換える。山手線はやはり人が多い。スーツ姿のサラリーマンに賢太郎はいつも劣等感を感じていた。生まれてこの方ネクタイを締めたことはなかった。その必要に迫られたことがなかったからである。就活をするような大きな会社とは縁がなく、結婚式に招待されたこともない。それが賢太郎の人生だった。

新宿駅で降りると賢太郎はのろのろと地上に通じる出口の階段を上った。後ろから来た学生と肩が当たり、あやうく滑って階段から落ちそうになる。学生はふてくされた顔をして謝ることもなく足早に階段を上って行った。賢太郎は力なく薄ら笑い、出口へ向かう。よくあることだ。こんなことで争っても仕方がない。奴は何か急いでいたのだろう。そう思うことにしていた。

雨は一段と強くなっていた。二月の雨はいつにもまして寒い。城東総合病院は多くの患者でごった返していた。彼は入院窓口に向かい、自分の名前を告げる。

「菊池賢太郎様、脳神経外科へのご入院ですね」

賢太郎様と言われ、どこかくすぐったい感じがした。

案内された五階の病棟へ向かう。その後、術前の最終的な検査が行われ、彼は昼前に自分の部屋に入った。四人部屋の窓際、ほかには寝たきりのお爺さんが一人いるだけで実質一人のようなもので、その分、賢太郎は気が楽だった。もともと口下手な性格であり、初対面の人と話すのは苦手だったのだ。

手術は明日の午後からの予定となっていた。夕方近くになって担当の遥香が病室に現れた。

「菊池さん、お変わりないですか？」

ようやく顔見知りに会えて賢太郎は少しほっとした。

「先生、お忙しいのに……。ありがとうございます」

賢太郎はちょっと照れながら、ベッドから起き上がった。担当医が手術前日に患者の容態を確認するのは当然のことではあるが、賢太郎には彼女がわざわざ来てくれたように感じられ、嬉しくなった。彼に優しく声をかけてくれる人などここ最近、いなかったからかもしれない。

「術前検査も問題なかったようですから、明日の午後、予定通り一時半から手術の予定です」

遥香は二、三の書類を確認しながらそう言った。

「なんか……、やっぱり怖いですね」

賢太郎は正直な気持ちを口にした。全身麻酔をかけられるのはもちろん、自分の身体にメスを入れられるというのは想像するにおぞましいことだった。

「ですよね。私も盲腸の手術をされるとき、やっぱり怖かったから……」

正直、「大丈夫ですよ」と安心させるような言葉をかけてもらえるものと思っていた賢太郎は少し意外な感じがしていた。反面、彼女のその正直な物言いに好感を持ったのも確かだった。

彼女は手術に万全の態勢をしいていること、これまでの手術成績などを改めて丁寧に説明してくれた。賢太郎はそれでも不安を拭えなかったが、無理に笑顔をつくった。幼い頃からどんなときも周りに遠慮して笑顔を取り繕う術が何となく身についていた。

「じゃあ、明日は頑張りましょうね。今夜はゆっくり休んでください。もし眠れなかったら眠剤を出しておきますが……」

遥香は気を使ってそう言ったが、賢太郎はそれを断った。どうせ明日は全身麻酔をかけられる、いやでも眠らされるのだと思うと今日くらいは自然な眠りにつきたかった。

就寝時間が来て、彼は静かに目を閉じた。隣のお爺さんの咳が昼間より耳障りに感じられた。目が覚めるとまだ六時前だった。やはりなかなか寝付きが悪かったし、なんだかいつもより眠りが浅いような気がしていた。二度寝しようかと目を閉じるが一度目が覚めるとそうもいかない。外はまだ雨が降っているようだ。

間もなく看護師が朝の検温に訪室してきた。

「菊池さん、おはようございます」

担当の看護師は聴診器で胸の音を聞き、体温計を差し出した。

「おはようございます」

賢太郎はいささか緊張した面持ちでそう答えた。

「体調は変わりないですか？　昨夜は眠れましたか？」

看護師はそう尋ねたが、手術前日に爆睡できる人がいたらお目にかかりたいものだと内心思った。今日の手術は午後の予定だが、全身麻酔のため、朝食も昼食も絶飲食らしい。代わりになんだかわからない黄色の点滴が用意された。

点滴が一滴一滴自分の体の中に入っていくのを眺めながら、いよいよ自分の身体にメスが入れられるのだと覚悟した。午前中は特にすることもなく、彼はテレビを見るのにも飽きてぼんやりと薄いカーテン越しに雨を見ていた。

スズメが二羽、雨宿りをしている。夫婦だろうか？　恋人だろうか？　それとも単なる友達なんだろうか……。そんなたわいもないことをあれこれ考えていた。そういえば自分にはそんな相手がいたことはなかったな。もし今日の手術がうまくいかなくてこのまま死んでしまうとしたら、自分は一生そういう女性とは誰とも出会わずに死んでいくんだろうな、そんな無機質な思いが賢太郎の胸の中を去来した。

こんな状態でもやはり腹だけは減る。昼前に同室のお爺さんに看護師が経管栄養のバッグを持って来たときには空腹のためか、彼にしては珍しく少しイライラしていた。看護師の雑な患者対応も内心不快に思った。

そのとき、別の若い看護師が部屋に入ってきた。

「菊池さん、お変わりないですか？　これから手術の準備のため、頭にバリカンをかけさせていただきます。

それと尿道カテーテルを入れさせていただきます」

その看護師は事務的にそう言った。一昔前とは違って頭の手術をするからといって頭髪を全部剃るようなことはしない。実際にメスを入れる部分だけ、なるべくコスメティックなことも考えて最低限の剃毛にするのだ。もともと髪は短かったため、十分程度で頭の処置は終わった。

「それではカテーテルを入れますので、下を脱いでいただけますか？」

そう言われて戸惑わない患者はいないだろう。若い女の看護師に、自分のモノを見られるのは、手術のためとはいえ、耐え難い屈辱だった。しかし事ここに至って選択の余地はない。彼はおずおずとパジャマの下を脱ぎ、そっと仮性包茎の包皮を剝いて下着も脱いだ。

「少し痛いですよ。動かないでください」

そう言うと看護師は手慣れた様子で、彼のペニスをつかみ、キシロカインゼリーという局所麻酔薬を塗ったカテーテルを尿道口から挿入した。かなり痛くて彼は思わず腰を引いたが、動かないでと再度言われ、彼女は処置を続けた。つながれたバッグには薄黄色の尿が少し排出された。賢太郎はすでにぐったりと疲れていた。

そのあと術衣に着がえさせられ、前投薬の筋肉注射を打たれ、再びベッドに横になった。注射のせいか、少しだけ眠くなる。もはやマグロ状態だった。彼はそっと目を閉じた。

小一時間、うとうとしていると手術場から呼び出しがあったのだろう、二人の看護師が部屋に入ってきた。

「さあ、菊池さん、オペ室に行きますよ。大丈夫ですから頑張ってくださいね」

何をもって大丈夫と言い切れるのだろうかとむっとしたが、いつものように顔には出さない。彼はストレッチャーに移され、オペ室のある三階に向かった。

エレベータを降りると正面に大きな銀色の自動扉が目に入る。看護師が賢太郎の名を告げると、扉は厳かに静かに開いた。彼には何か地獄への門のように感じられた。見送ってくれる家族も当然おらず、彼は一人でオペ室に入れられた。

無機質なオペ室は少し寒く、そして、やはり怖かった。ストレッチャーからいよいよ手術台に移されると多くの人が彼の周りを忙しそうに動いているのが目に入る。目をつぶると逆にカチャカチャと手術道具だろうか、何かしらの金属音が耳に触れ、却ってそれが恐怖心を高めた。

口と鼻にゴム臭いマスクが当てられる。

「菊池さん、酸素ですからね。ゆっくり深呼吸していてください。これから麻酔をかけますから眠くなりますよ」

麻酔科の男の先生がそう声をかけた。麻酔薬が投与されると賢太郎は間もなく深い眠りについた。麻酔科のベテランのその男の医師は十分鎮静がかかっていることを確認すると、看護師に筋弛緩剤の投与を命じた。そして彼の気管に挿管チューブを挿入し、人工呼吸器に接続した。

遥香は賢太郎の頭部を三点ピンで固定し、頭部を消毒、清潔な覆布をかけ、手術の準備を整えた。

「それではこれから下垂体腺腫に対する右前頭側頭開頭腫瘍摘出術を始めます」

担当医の遥香が声を発した。指導役の田中脳神経外科部長と第一助手、それと看護師たちが静かに頭を下げた。

遥香は迷うことなく右耳介前から半弧状の皮膚切開を加えた。鮮血がほとばしるのをバイポーラーと頭皮クリップで一つひとつ止血していく。側頭筋を切開し皮弁を翻転すると乳白色のきれいな頭蓋骨が現れた。

遥香にとってはいつもの見慣れた光景だ。

クラニオトームを使い頭蓋骨に穴をあけ頭蓋骨を切っていく。直下の硬膜を慎重に剥離し骨弁を除去する。硬膜を丁寧にテンティングし、硬膜を切開翻転すると脳実質が現れた。白子のようなそれは静かに拍動していた。脳外科の手術はほかの科のそれに比べはるかにきれいなそして繊細な手術である。遥香は静かな脳の拍動を見るといつもうっとりする。

ここからは顕微鏡の手術となる。マイクロの機器を用い、前頭葉と側頭葉の間のシルビウス裂を分けて深部へと視野を展開する。遥香は慎重に脳篦（へら）をかけなおし視野を拡げるとその奥に内頚動脈と視神経が確認され、その下にむくむくと腫瘍の本体が顔を現した。

ピンク色の腫瘍はいつ見ても不気味でその中には一部出血も認められた。遥香は腫瘍攝子を用い少しずつ慎重に腫瘍を摘出していく。周りには内頚動脈や視神経など重要臓器が隣接しており、いささかでも傷つけると重篤な後遺症を惹起するため、一番神経を使う場面であった。幸い腫瘍と周辺組織の癒着は軽度であり、二時間ほどかけて腫瘍を全摘することができた。遥香はなぜだかいつもより疲れていた。理由はわからなかったが、いつもより疲れていた。遥香は閉頭を助手に任せ、手術場を後にした。

賢太郎が目を覚ましたのは夜七時を過ぎた頃、脳神経外科病棟内のＩＣＵだった。そこはナースステーションから直接観察できる設えで、術後の患者は原則そのＩＣＵに入ることになっていた。

賢太郎の意識はまだ朦朧としていた。頭は重く、傷口から一本チューブが出ており、その先のバッグにはどす黒い血が溜まっていた。賢太郎はそれを見た瞬間、吐き気を催した。

「菊池さん、目が覚めましたか？」

彼が目を開けたことに気づいた看護師が声をかけた。

「は、い……」

賢太郎は返事をしようとしたが、口の中が乾いており、うまく言葉が出なかった。

「手術は無事終了しましたよ」

その言葉を聞いて彼は安堵し、再び静かに目を閉じた。

二度目に目を覚ますと傍らには遥香が立っていた。彼女は少し微笑んで、静かに聴診器を賢太郎の胸に当てた。彼の意識は先ほどよりはっきりとしていた。そしてその胸の鼓動は少しだけ速くなった。

「菊池さん、手術、うまくいきましたよ。腫瘍はきれいに取れました」

遥香はそう言うともう一度ゆっくり微笑んだ。

「先生……、ありがとうございました」

賢太郎は不覚にも涙ぐんでいた。こんなことで泣くとは、自分でも意外だった。施設に入って以来、彼は幼い頃から自分の感情を抑え、常におとなしくて良い子だった。いや、そういうふうを装っていたのかもしれない。とにかく人前で涙を見せることはほとんどなかったように記憶している。

そして、やっぱり自分は死にたくなかったのだとも思った。生まれてこの方、良いことなんか何もなかった。親に捨てられ、施設に入れられ、ろくな仕事もしていない。今の仕事はバイトとつまらない場末のエロ小説だ。彼女がいるわけでもなく、親しい友人がいるわけでもない。この年になっても晩飯はいつもコンビニ弁当かホカ弁だ。もちろん一人に決まっている。

それでも、こんな冴えない人生でも人はやはり死にたくないのか。彼はそう自虐した。こんなことを思うのはまだ体内に残っている麻酔薬のせいだ。そう自分自身に言い聞かせていた。テレビ番組か何かで見たことがある。この自分がそんなセンチメンタルな感情にとらわれるはずなどない……そう考えながら、彼は遥香に涙を見られないように、再びゆっくりと目を閉じた。

術後経過は順調で、幸い大きな合併症もなく賢太郎は術後十日目に無事退院した。視力も術前より良くなったような気がする。多少の頭痛と、まれにふらつきはあるような気もするが、それも徐々に減ってきているようだ。ただし三十歳代といえどもやはり術後ということで、遥香から二週間の自宅療養を勧められた。

「先生、本当にありがとうございました」

退院の日、病室に来てくれた遥香に賢太郎は頭を下げた。そしておずおずとお礼の五千円が入った封筒を差し出した。お礼としてはいささか少ないような気もするが、彼にとっては五千円は大金だった。遥香はそれを丁重に断った。

「菊池さん、そういったお心遣いは結構ですよ。病院の規定でそういうことは禁止されています。それに私は患者さんを元気にするのが仕事ですし、この仕事が大好きなんです」

そう言って少し照れた笑みを浮かべた。それでも賢太郎は今一度封筒を差し出した。遥香は、

「では、これは私から菊池さんへの退院祝いとして差し上げますわ。私にはね、菊池さんがこうやって元気になってくれて、無事退院してくれることが何よりのご褒美なんですよ。じゃあ二週間後、外来でお待ちしていますね」

遥香はそう言うと、賢太郎がこれまで見たことがないような優しいまなざしで、部屋を出て行った。賢太郎は自分の中にどうしようもなく熱い思いが沸々と湧き上がってくるのを自覚した。入院から二週間足らずで、彼は無事退院した。タクシーで帰ろうかとも思ったが、生来の貧乏性のせいか、やはり電車で帰ることにした。

たかだか二週間しか経っていないのに、賢太郎には久しぶりの東京の風景がとても新鮮に感じられた。昼下がりの山手線は比較的すいており、退院直後の彼にとってはありがたいことだった。彼は出入り口から二番目の席に座っていた。向かいには自分と同じくらいの年の男が娘と思しき四歳くらいの女の子と座っていた。女の子はパパの携帯をのぞき込んでニコニコと何か楽しそうに話している。男もその娘の姿をこの上なく愛おしそうに眺めている。

もし自分が普通の家に生まれて、普通の両親に育てられ、普通に女性と出会い、普通の結婚をしていたら……。もしかしたらあの席に座っているのは自分だったかもしれない。賢太郎の頭の中を一瞬そんな思いがよぎったが、彼はすぐにそれを否定した。無駄な妄想をしてもどうしようもないことをこれまでいやというほど経験してきたからだ。それでも今日は晴れていた。

北千住駅で電車を降り、バスに乗り、そしていつもの道をとぼとぼと帰る。入院のための重いバッグだけがいつもと違う。緩い坂道がいつもより長く感じられる。ただ入院したときより少しだけ気持ちが軽くなったようだった。

坂を上りきったところのコンビニに立ち寄り、今日の晩飯を調達する。ここだけ何も変わっていなかった。出来合いの麻婆豆腐とツナマヨのむすび、そして入院中は飲めなかった発泡酒を買った。今日はお祝いだ。

「ただいま」

もちろん誰も待ってなどいない部屋に戻り、彼は声をかけた。二週間ぶりに戻ったその部屋は一人暮らしの男特有の饐（す）えた、そしてそれでもどこか懐かしい匂いがした。ぎしぎしと鳴る窓を開け、新鮮な空気を入れる。心地良い風とともに沈丁花の爽やかな香りが鼻をくすぐる。

疲れを覚え、彼はベッドに横になった。やはりタクシーで帰れば良かったと少し後悔した。二週間におよぶほぼベッド上での生活で、いかに若い彼とは言えやはり筋力が落ち、病院から帰るだけでもしんどかった。何となく頭の芯が重だるい感じがする。

開頭術後まもないのだからこんなものなのかもしれないが、やはり気にはなる。本当に手術はうまくいったのだろうか？　高倉先生は術後のＭＲＩも見せてくれて問題ないと言ってくれた。たぶん大丈夫なんだと思う。あの高倉先生があのように言ってくれたのだから……。彼は疲れてそのまま目を閉じた。

第2章　焼肉定食

遥香は当直明けでその日は午後休だった。夜は友達と食事の予定になっている。白金の自宅に帰った遥香は三時間ほど仮眠を取り、シャワーを浴びて出掛ける用意を始めた。幸い昨夜は急患もなく落ち着いた夜だったので目覚めも比較的爽やかだった。医師になって十年、こんな不規則な生活も当たり前になっていた。たまに夜中に急患の手術で呼ばれることもあるが、それも仕事と割り切れるようになっている。脳神経外科医になった以上、それは仕方のないことだ。

今夜は高校時代の同級生二人と南青山のイタリアンで久しぶりのいつもの女子会だ。普段は必要最小限の化粧しかしない。急患で呼ばれることもあり、お気楽なＯＬがしているようなこじゃれたネイルなど論外だ。だが今日は当直明けで呼び出しはない。遥香は久しぶりにお気に入りの淡いブルーのドレスを身にまとった。普段はめったにつけないカルティエのリングを右手の薬指にはめた。淡いピンクの品のよいネイルをして、身支度を整えた。おそらく病院の誰かが今日の遥香を見たら、別人と思うかもしれない。

「私だって、ちゃんとすればなかなかじゃない？」

遥香はドレッサーの鏡を見ながら、誰に言うともなくそう呟いた。とびぬけた美人というわけではないが、そこそこイケてる、十人並み以上だと自分では思っている。ただ、毎日脳神経外科医として忙しく働いている。これといった出会いもない。もっと若い頃はそれでも当時合コンといっていた出会い系の飲み会にも誘われてときどき参加していた。

でも、そういう席であれこれ気の利いた振る舞いをすることは自分にはできない。ほかの女性たちはうまく料理を取り分けたり、気に入った相手に見事にボディタッチをして連絡先を交換していた。だいたい会の終わりには一人、隅っこで好きな赤ワインを飲んでいる、そんなことが何度かあり、次第にそういう会からは遠ざかっていった。というより年齢的にもあまり声がかからなくなっていたのも事実だ。何より自分が脳外科医であると言うとたいていの男はちょっと、いや、かなり引いた。

「脳みその手術、するんでしょ？」

「頭、どうやってあけるんですか？　どたまカチ割るってやつ？」

などと失礼なことを言う男もいた。同席した知らない女の中にも

「え〜！　頭の手術なんて気持ち悪〜い。私には無理〜！」

「手術って血が出るんでしょ？　血、怖〜い！　血を見たら倒れちゃう〜」

などとかわい子ぶるいけ好かない女もいた。あんたの体の中にも赤い血が流れているだろう！　生理のとき、血、見てるだろ！　血が出なくなったら、死んでるんだよ！　そういうつまらない会話に遥香は辟易した。

その点、今日はお気楽な女子高時代の気の置けない仲間との食事会だ。誰がどう思おうが好きなようにおしゃれして、たわいもない会話を遠慮なく楽しめる。もちろんおいしい食事もだ。遥香は少しだけウキウキして駅に向かった。

青山一丁目の駅で降り、根津美術館近くのレストランに向かう。金曜日の夕方、街には楽しそうなカップル、仕事帰りのサラリーマン、少し疲れた表情のＯＬ……。夕暮れの青山は少しずつ夜のとばりに包まれ始めていた。歩き始めて間もなく、小雨が降り始めた。

「もう！　こんなときいつも雨が降るんだから……」

遥香は一人ぶつぶつ言いながら、仕方なくコンビニで傘を買った。

「ここかしら……」

遥香には初めてのお店で少し道に迷い、約束の時間から十分ほど遅れてしまった。その南青山のレストランは彼女が通った女子高の近くのはずだが、遥香は人並外れた方向音痴だった。

「ごめん！」

ようやくお店にたどり着いた遥香は、店員に案内され、テーブルについた。

「遥香～、おっそ～い！」

小学校から同級の真美が口をとがらせている。真美は銀座の画廊の一人娘で遥香と同じくいまだ独身だった。

「え！？　何、遥香、そのバッグ？　シャネルの最新モデルじゃない？」

葉子が遥香のバッグを取り上げ、無遠慮にあれこれ眺めている。葉子の父親は東都大学文学部でフランス文学科の主任教授をしている。五年前に同じ東都大学出身の財務官僚とお見合い結婚し、今や二児の母親である。

「いいわね～。うらやましい。私も欲しい～」

真美もバッグの口を開けたり閉めたりしている。

「もう～、あんたたち、何？　壊さないでよ。それ高かったんだから～」

遥香は慌ててバッグを取り返す。

「さすが、脳外科の先生様は違うわね～」

二人はにやにやしている。

「何よ！　これはね、私が頑張って海外の医学誌に論文が採用されたから、自分へのご褒美にって買ったのよ！」

「はいはい。どうせほかにお金の使い道ないんでしょ。んで、遥香、何飲む？」

「あんたたち、もう飲んでるの？」

「当たり前じゃない！」

「普通待つでしょ！」

「いや、普通待たないでしょ」

テーブルにはラリックのフルート型のグラスにシャンパンの黄金色の小さな泡がぷつぷつと立ち上がっていた。三人は学生時代から何も変わっていない。都内でも有数のお嬢様学校で三人は小学校から高校までの十二年間、ずっと一緒だった。ほかの二人は系列の女子大に進学したが、家が開業医をしていた遥香は一人だけ医学部に進学したのだった。

それでもことあるごとに三人はこうして集まり、たわいもない話をしては日頃の憂さを晴らしていた。真美は両親から結婚をせっつかれ、葉子は葉子で子育てと同居している姑の小言でやはりストレスが溜まっているようだ。遥香はこの時間が本当に好きだった。日頃のストレスフルな生活の息抜きには最高の時間だった。気の置けない友達、こういう友達がいることが何よりの幸せだと思っている。

「さあ、今夜は飲むわよ〜」

三人は久しぶりの再会をクリュッググランキュヴェで祝った。

遥香は当直明けにもかかわらず頭部外傷の患者が救急搬送され、人手が足らず、緊急手術に駆り出された。まあ仕方のないことだ。八十歳の急性硬膜下血腫の患者だ。自転車で走行中、軽四自動車とぶつかったらしい。内心、八十歳にもなって自転車なんか乗らなければ良いのにと思ったが、そんなことはおくびにも出さず、オペ室に向かった。

全身麻酔をかけられたその老人は青白い顔をして横たわっている。全身に擦過傷があり、右の橈骨（とうこつ）も骨折しているとのことだが、整形外科は手術適応なしと判断し、いつものように脳外科に丸投げした。手洗いをしていると助手の皆本が入ってきた。

「ったく！　いつも整形はこっちに丸投げしやがって！」

皆本はぶつぶつ言っている。

「いつものことでしょ」

遥香はあきらめ顔でそう答えた。整形外科医に全身管理はできないとあきらめている。実際そういうケースが多いのも事実だ。

「メス」

遥香はためらいなく頭皮を切開した。いつもの手慣れた手順でいささかの迷いもなく開頭すると、赤紫色に変色した硬膜が露出した。それは通常の硬膜と異なり、硬く直下の血腫が透見されていた。

「硬膜のテンションはかなり高いわね」

血腫により脳圧が亢進され、硬膜の上から触れる脳はいつもの何倍も硬かった。遥香は誰にともなくそう呟く。硬膜を切開すると赤黒いゼリー状の血腫がむくむくとせり出してきた。遥香は黙々とその血腫を吸引していく。相当量の血腫を吸引すると直下に薄紅色の脳実質が顔をのぞかせた。それは魚の白子のようであり、あるいは豆腐のようでもあった。一部、点状の出血が認められ、脳挫傷の併発と考えられた。

「骨は外したままにしましょう」

遥香は皆本にそう告げた。頭蓋内圧のコントロールのため、血腫量が多い場合や脳挫傷を合併している場合には外減圧術といってしばらく頭蓋骨を外したままにすることもある。この患者ではその適応と判断した。筋肉と皮膚を縫合し、術中大きなトラブルもなく手術は無事終了した。

「お疲れ様」

当直明けの遥香はさすがに疲労の色が隠せず、更衣室の鏡で自分の顔を見たとき、その疲れた顔に思わずぞっとした。遥香は術後管理は皆本に任せて病院を後にした。年を取るにつれ、無理が利かなくなっている。疲れてはいてもお腹は減る。病院近くの定食屋に入った。医局の飲み会などでときどき使うどこにでもあるような店だ。さほど旨くもないが、かといってまずいわけではない。当直と緊急手術明けで化粧っけもなく疲れた独身三十女が昼一時過ぎ、客がほとんどはけた頃、定食屋で一人食事をしている。傍(はた)から見ればさえない女の典型のように見えるかもしれない。これでも基幹病院の脳神経外科副部長だ。世間的には勝ち組だと思われているだろう。収入だってその辺のサラリーマンの何倍か稼いでいる。でも現実はこんなもんだ。

「焼肉定食を」

遥香は手術の後はなんだか肉が食べたくなる。普通の人からすると到底理解できない、気持ちの悪いことだと思われるに違いない。バイポーラーで筋肉を焼く匂いを嗅ぐと無性に肉が食べたくなる。ホラーでもなく、人間究極に腹が減るとそんな感情が沸々と頭をもたげてくることもある。

かなり高い台の上に古ぼけたテレビが置いてある。見るとはなしにつまらないワイドショーを見ていると、奥から肉の焼ける良い匂いがしてきた。

「へい、お待ち！」

大将の親指が付け合わせのキャベツに触れているが、彼も遥香も気にしない。アツアツの味噌汁が胃袋に染みる。少し濃いめのニンニク醤油で味付けた肉が手術の後の空腹を満たしていく。真美と葉子とのイタリアンももちろん楽しいが、一人こんな場末の店で食べる焼肉定食も嫌いではない。自分の中には何か別な血が流れているのかもしれないと思った。

「らっしゃい！」

遥香が焼肉定食を半分ほど食べた頃、ほかに客のいない店内に別の男が入ってきた。その男は遥香の斜め前の席に背向かいに座った。

「ラーメンライス、お願いします」

その男は壁に貼ってある品書きをしばらく見ていたが、店で一番安いメニューを注文した。そしてセルフの水を取りに行ったとき、遥香と目が合った。賢太郎だった。

「あら、菊池さん？」

「高倉先生？」

二人とも正直、戸惑った。

「あ、今日は、今日はＭＲＩ検査でして……」

賢太郎はしなくてもいい言い訳をした。

「ああ、そうでしたか……」

遥香もちょっと返事に困った。患者一人ひとりの検査の日程など覚えているはずもなく、次回の外来に来たときに、その所見を確認することになっていたからだ。こんなところで患者に会うと医者としては本当に戸惑う。病状以外に何を話すことがあるだろうか？

自分の普段の生活をいささかでも見られるのは勘弁して欲しい。遥香は率直にそう思った。スーパーマーケットで偶然出会い、見るとはなしに何を買っているのか見られたり、家族と一緒にいるときに出会ったりすると、何を話して良いのか途方に暮れるし、見て見ぬふりをして欲しいと心から思う。ましてこんな場末の定食屋で、当直明けのほぼすっぴんに近い疲れた顔を見られるのは、一人の女性としてたまらなかった。

それでもほかに客もおらず、ここで知らない顔をするわけにもいかない。

「お知り合いですか？　じゃあご一緒されますか？」

と大将がいらぬ気を回す。できれば放っておいて欲しかった。各々勝手に食事をして、「それじゃ」とだけ言ってさっさと帰りたかったのに。それは賢太郎も同じだった。こんなところで自分の主治医と二人きりにされていったい何を話せば良いのだろう？

「ああ、どうぞ」

遥香は何事もないように、そう促した。ここで断るわけにもいかなかった。

「あ、ああ。なんかすいません。せっかくお一人で食事されていたのに……」

賢太郎は申し訳なさそうにおずおずとそれでもテーブルの斜め向かいの席に座った。

「いえ、こちらこそ。検査、無事に終わりましたか？」

遥香はあたりさわりのない質問を投げた。

「はい。何回目かなのでだいぶ慣れて、今日は少し寝てました」

賢太郎ははにかんだような表情を見せた。遥香は彼が微笑んだ顔を初めて見たような気がする。いつもうつむき加減で、暗い表情をして、ぼそぼそと話す。そんな印象だったからだ。

「私も前にＭＲＩ撮影したとき、寝てて少しいびきかいてたみたいで後で技師さんに笑われました」

遥香もそういって微笑んだ。賢太郎は彼女の別な顔を見たような気がした。間もなく賢太郎のラーメンライスができた。

「まあおいしそう！　ラーメンお好きなんですか？」

出来立てのラーメンからはあったかい湯気が立ち醤油ベースの鶏がらスープの芳しい匂いが二人の鼻をくすぐった。

「ええ、まあ。それに一番安いんで……」

彼は恥ずかしそうにそう答えた。

「好きなものが安いのは最高ですよ。私も実はラーメン大好きなんです」

実際、遥香が人気のラーメン屋に並んだことは一度や二度ではなかった。豚骨系は苦手だったが、醤油ベースの背脂系が遥香の好みだった。

「先生は、今日はガッツリ系ですね」

賢太郎は遠慮がちにそう言った。

「あ、まあ。実は当直明けで、急患の手術もあって……。ちょっとスタミナつけようかなって」

遥香は恥ずかしそうにそう弁解した。さして若くもない自分がこんな時間に、それも疲れ果てた顔で焼肉定食を食べている姿など、当然見られたくなどなかったからだ。

「先生ってやっぱり大変なお仕事なんですね。当直明けで手術だなんて……。頭が下がります」

賢太郎は心底そう思っていた。到底自分なんかに務まるような仕事ではない。遥香はそう言われてなんだか一段と恥ずかしくなった。

「菊池さんは、どんなお仕事されているんですか?」

賢太郎は一瞬箸を止めた。果たしてどう答えれば良いのだろう。ありのままに、エロ小説を書いてあとはバイトをしていますなどとはさすがに恥ずかしくて言えない。

「あ、ああ、あの……」

言いよどんだ賢太郎の姿を見て、遥香は聞いてはいけないことを尋ねてしまったのかとちょっと後悔した。

「あの……。まあ売れない小説もどきを書いていまして……」

賢太郎はそう答えた。

「まあ、菊池さん、小説家なんですか?」

焼肉定食を食べ終わった遥香は興味深そうにそう言った。

「いや、あの……。小説家と言えるようなものではなくて……」

彼はそう言いよどんだ。

「良かったら、今度菊池さんの小説、読ませてくださいね」

一足先に焼肉定食を食べ終えた遥香は頃合いを見計らって、二人分の食事代を彼にわからないように支払って店を出た。


「先生、この前はごちそうさまでした」

二週間後に外来を受診した賢太郎は深々と頭を下げた。

「菊池さん、そんな大げさな。ラーメン、ご馳走しただけですから」

「いや、それでも、ありがとうございました」

彼はもう一度頭を下げた。

「まあどうぞ」

遥香は先日のＭＲＩの結果を説明し、術後の経過が順調である旨を説明した。病院での待ち時間は予約をしていても小一時間だったが、診察時間は五分にも満たない。それでも賢太郎は彼女に会うと少しだけ安心し、そして少しだけ胸がときめいた。診察が終わり、部屋を出る際に、彼は勇気を振り絞って

「先生、あの……」

と言いかけて、そこで固まってしまった。

「菊池さん、何かしら？　聞きたいことがあったら何でもおっしゃってくださいね」

遥香は賢太郎の目をまっすぐ見てそう言った。その目を見て賢太郎は少し戸惑ったが、看護師がちょうど診察室を離れたのを見計らって

「あの……、先生。もし、良かったら、良かったらでいいんですが、今度ラーメンご馳走させてください」

彼は顔を赤らめてそう言った。

「え？」

遥香も意外な申し出に、

「ええ、また」

ととっさに答えてしまった。賢太郎は少年のような恥じらった笑みを浮かべて部屋を出て行った。「また」と曖昧な返事をしたことに遥香は戸惑っていた。普通なら「そういったことは……」と丁重に、しかし取り付く島もない感じでお断りしていたはずだ。どうして彼にはあんな曖昧な返事をしてしまったのだろう。急

だったから？　遥香はそんな自分が理解できないでいた。

その約束はすぐに実現された。

「こんなところでなんかすいません。先生をこんな店にお連れして……」

賢太郎は申し訳なさそうに言った。二人が初めて一緒に訪れた新宿のそのラーメン屋はお世辞にもきれいな店ではなかった。店名は「萬珍楼」となんだか高級店のような名前だったが、その実いわゆる街の中華料理屋で、少しくたびれたサラリーマンや体育会系らしき学生がただただ飯を食うためだけの店のようだった。

グルメ雑誌やランキングに載るようなこ洒落た店ではない。ただ、遥香はそんな店が嫌いなわけではない。むしろ好感が持てる。そもそもラーメン屋なのに、最近の店は映え狙いとか家系とか何かとわけのわからない理由で一見ラーメン屋に見えないようなお洒落なたたずまいにしたり、あるいは上から目線の勘違い親父がさほど旨くもない品をあたかも神の施しのように提供したりと、そういう店が流行っていて辟易としていたのだ。昔からあるのだろうその店はどこか懐かしい感じがした。

「先生、何にしますか？」

賢太郎は壁の品書きを見上げた。醬油、塩、味噌、タンメン、チャーシューメン、特製餃子。メニューはそれだけだった。特製餃子ってなんだろう？　遥香は少しだけ興味を持ったが、今日は彼がご馳走してくれるのだ。

「菊池さんは？」

「僕はタンメン」

彼は迷うことなくそう言った。

「あ～、私もタンメンにしようと思ってたのに」

「一緒でいいじゃないですか」

彼はそう言って笑った。それもそうだ。別に違うものを頼まないといけないということはない。

「じゃあ、タンメン二つ」

店のおばちゃんが少し遅れて水を持ってきた。でっぷりと太って赤ら顔の人の好さそうなおばちゃんだ。

「賢ちゃん、珍しいね。女の人と二人なんて。彼女かい？」

おばちゃんは無遠慮にそう尋ねる。

「おばちゃん！　そんなんじゃないよ」

彼は真っ赤な顔をしてうつ向いている。

「あら、そうなのかい？　あんたもそろそろ身固めないと行き遅れるよ～」

そう言って大きな口を開けて笑っている。奥から大将と思しき親父さんが
「小百合！　何、無駄口叩いてやがるんだ！　チャーシューメン上がったぞ！」

と怒鳴った。おばちゃんはペロッと舌を出し、奥へ戻っていった。

「す、すいません。なんかおばちゃんが変なこと言って」

遥香はあっけらかんと笑っている。そろそろ身を固めないと行き遅れる、という言葉は自分にもちょっと引っかかってはいたが……。

「そんなこと。それよりあのおばちゃん、小百合さんっていうのね」

そう小声で言って少しだけ笑った。

「そうなんすよ。あの顔で小百合って」

確かに小百合さん、というイメージからは若干、いやかなりかけ離れてはいたが、そのかいがいしい働き

ぶりと太い二の腕には長年夫婦寄り添って守ってきた店のおばちゃんとしての気概が感じられた。

遥香は患者と二人でこんな形で食事をすることは初めてだった。以前、どこかのお偉いさんだった患者が自分の上司と一緒に高級フレンチに招待してくれたことはあったが、こういう機会はなかった。遥香は何を話して良いか正直戸惑っていた。

「菊池さん、そういえば最近はどんな小説を書いているんですか?」

以前、彼は小説を書いていると言っていたはずだ。

「あ、あの……」

彼はそこで言いよどんだ。

「実は、俺、今、官能小説書いているんです」

そう言って恥ずかしそうに下を向いた。

「官能小説ですか。私読んだことないけど、なんかちょっと面白そうかも」

遥香はそう答えた。自分ももう三十四歳だ。こんなことであざとく恥ずかしがる年でもない。またそれに嫌悪感を抱くほど世間知らずでもない。

「本当ですか?」

彼は相変わらず下を向いたままそう答えた。

「こんなもの書いてると世間からは疎まれるだろうし、特に先生のような偉い方には到底理解していただけないかと思ってました」

「菊池さん、あなた、それを一生懸命書いていらっしゃるんでしょ。じゃあ、良いんじゃないですか。世間体なんて関係ないいんじゃない。それに私、偉くなんかないですよ」

遥香は心底そう思っていた。文学にいろんなジャンルがあることも十分理解しているし、このネット全盛の時代に官能小説という響きが何ともいえず新鮮に感じられたからだ。

「良かったら今度、読ませてくださいよ」

無論、これまで官能小説の類は読んだことも、いや書店で手にしたことすらなかったが、何かしら興味を持ったのも確かだった。

「え⁉　良いですけど……。何か恥ずかしいな」

「あなたが書いたんでしょ。恥ずかしいなんてことないわよ」

「あ、はい。なんかちょっと嬉しいかもです。そんなこと言われたのは初めてだから……」

「え～、そうなの？」

「あ、でも全部フィクションですから。実体験じゃないですから」

「さ～どうかしら？」

遥香はそう言ってちょっと意地悪な笑みを浮かべた。

「違いますったら！」

賢太郎はむきになってそう反論した。そんな三つ年下の彼を遥香はなぜだか少しいじらしく感じていた。

「あらあら、お二人さん、いい感じじゃない？」

おばちゃんがアツアツのタンメンを運んできた。

「おばちゃん！　またそんなこと言って！」

賢太郎は今度は少しだけ目線を上げて口を尖らせた。遥香はニコニコ笑っている。

「このおねえちゃんは別嬪さんやね～。賢ちゃんにはもったいないないね！」

「おばちゃん、何言ってんの！　この人は病院の先生だよ」

「ありゃま、お医者さんでしたか。それは失礼しました」

「いえ、そんな……」

遥香は少しだけ照れた。この年で別嬪さんな彼女と言われることにどこか面映ゆい気がしたからだ。それでも久しぶりに耳にした「別嬪さん」という響きが何となく嬉しくもあった。二人はお互い目を合わせられずにタンメンを口にした。

「ごちそうさまでした」

店の外は三月も末となり、まだ少し肌寒かったが、二人はアツアツのタンメンを楽しんだこともあり、心地よい春風に包まれ、この上なく幸せな気持ちだった。

「タンメン、おいしかったです。ごちそうさまでした」

たっぷりの季節の野菜が滋味あふれる魚介系スープと合わさり、遥香の好みの味だった。

「あんな店でなんだかすいません。それにおばちゃんも失礼なこと言って……」

賢太郎は申し訳なさそうにまたうつむき加減にそう言った。

「そんなこと。あのおばちゃん、面白い方ね。今どき珍しい肝っ玉母ちゃん的な。私の亡くなった祖母みたいだったわ」

「へぇ～、先生のおばあちゃんってそんな方だったんですか？」

「ええ、母方の祖母なんだけどもともと広島の人で、興奮すると広島弁が出るの！　遥香！　なにやっとんじゃ～って。それがおかしくって！」

遥香は懐かしそうに笑いながら、

「菊池さんのおばあ様はどんな方だったの?」

と何げなくそう尋ねた。賢太郎は少し言いよどんで、

「あの、僕は施設で育って。家族とか全然縁がなくて……」

そう言うと自嘲気味に無理に笑った。

「あ、ごめんなさい。私ったらなんかつまらないこと聞いちゃって」

そうだった、手術の説明を、と言ったとき、彼は身寄りがないと言っていた。遥香は自分の配慮のなさに身の置き場がなかった。

「いいんですよ。それは僕の運命だと思ってるし、一人でいることにはもう慣れていますから」

彼は淡々とそう言った。しかしその目はやはりどこか悲しげだった。二人の間に少し気まずい隙間が空いたような気がした。

「菊池さん、でもね、あなたは一人じゃないと思うの。そんなこと言ったら人間なんてみんな一人だわ。夫婦って言ったってもともとは他人なわけだし、今から菊池さんが家族をつくれば、そこから菊池さんの家族ができるんじゃない?」

「でも先生、僕なんて、この年でエロ小説書いてるだけの人間で、何の取り柄もないし。先生みたいにすごい仕事してるわけでもないし……」

そう言って彼はまた下を向いた。

「菊池さん、上を向いてごらんなさい」

空は青く澄み、白い雲がぽっかりと浮いている。それはどこまでも広がっていた。

「下ばっかり向いてちゃあ、ダメダメ!　運が逃げちゃうわよ」

遥香はそう言って笑った。無論、それが大した解決になるなどとは思っていなかったが、なんとか彼を励ましてあげたかったのだ。彼が自分の患者だからなのか、あるいはそうではない何かが彼女の中にあるのか彼女自身まだ何もわからずにいた。でも彼にはしっかり前を、上を向いて歩んで欲しいと心から思っていた。

「先生、ありがとうございます。そんなこと言ってもらったの初めてで、なんか嬉しいです。それに、空なんて見たの本当に久しぶりだ。なんか気持ち良いです。僕、もうちょっと頑張ってみます」

彼は初めて遥香の目を見てそう言った。その目は澄んだきれいなまなざしだった。

二人は別々の駅に向かうために道端で別れた。

「先生、今度、僕の小説持っていきますね」

彼はそう言って小さく手を振った。

「楽しみにしてるわ」

遥香もそう答え、手を振り返した。

無機質な新宿の雑踏がいつもより、少しだけ色めいて感じられた。


それから二人はときどき会うようになった。それはいつもファミレスだったり、いつもの萬珍楼だったり、そんな店ばかりだった。それでも遥香にとってはひとときの安息の時間だった。萬珍楼の小百合おばちゃんはときどき餃子を大将に内緒でご馳走してくれた。まあ大将も気がついてはいたようではあるのだが。

お代は賢太郎と遥香と交互に支払った。最初、遥香が払おうとしたのだが、賢太郎はそれを断った。彼にとっては大事なことで、男としてとか、見栄で、ということではなく、彼女のことが本当に大事で、大切に思っていたからなのかもしれない。

彼がいつも同じシャツを着ていてその襟元が少し汚れていたのを見た遥香は、さりげなく新しいシャツをプレゼントした。それは決してブランド物といった高価なものではなく、それでいて着心地の良い品の良いものだった。次のデートのとき、彼は嬉しそうにそれを着て来た。

「それで、遥香、あんたどうするの？　本気でその男と付き合うつもりなの？」

真美が怪訝な表情でそう言い、ビスクに浮いている伊勢海老のクネルを口にした。今回の女子会の幹事は葉子で、彼女の行きつけの銀座の洒落たビストロだった。

「でも大丈夫なの？　脳腫瘍で、あの……、官能小説家なんて……。おば様が何ておっしゃるか？」

葉子もちょっと言いよどんで心配そうに遥香の顔をのぞき込む。遥香の母は品川の旧家の出で、今でも自宅でピアノ教師をしている。父親は先代からの内科の開業医を継承しており、二人とも一人娘の遥香が脳外科医という激務でありながら、この年になるまで独り身でいることを何より心配していた。

「まあね。もちろんパパとママには言ってはないけど」

遥香もそのことは重々承知していた。遥香が両親のことをパパママと呼ぶのはこの二人の前だけだ。その父も母もおそらく自分が内科医とでも結婚してクリニックを継いでくれるのを切望しているに違いない。それが無名の官能小説家なんて、それに良性とはいえ脳腫瘍で手術したなんて言ったら何と思うだろう？　賢太郎を紹介したら二人は無論反対するだろうし、そのことを思うと遥香は気が滅入った。

「どうせお金もないだろうし。まあ何かしら小説で賞でも取って一人前って認められればね……」

真美は相変わらず無遠慮にズケズケとものを言うが、確かにその通りだった。普通の小説を書いて、文学賞の一つでも取ってくれればもう少し話もしやすいが、それがこの上なく困難なことであり、何よりそんな失礼なことを賢太郎に言うことなどできなかった。

遥香は彼のことが愛おしく、そして彼のことを失いたくなかった。

クリニックは自分が内科に鞍替えして継げば良い。ちょっとした内科疾患なら遥香にも診ることができるし、脳疾患も診られる開業医は患者受けが良い。彼には地道に小説を書いてもらっても構わない。彼女はそう思っていたが、果たして両親がそれを承知してくれるだろうか？　おそらくヒモ同然の男は願い下げだとか、身寄りがないどこの馬の骨だかわからない男など絶対にダメだ、などと罵倒されるに違いない。普段は優しい両親だが、こと、遥香の縁談になるとこれまでにもいろいろな男性をあれこれ品定めし、注文いや難癖を付けた。遥香がこれまで縁遠かったのは自身の仕事のせいだけではないように思う。

おそらく賢太郎自身もそれを痛いほどわかっている。だから彼女の前で結婚などという言葉は絶対に口にしなかった。

「遥香、その男の何がいいの？」

真美はいぶかし気にそう尋ねた。遥香ほどのキャリアならもっと条件の良い男はいくらでもいるだろう。実際、これまでお見合いをした相手も医者はもちろん、会社経営者の二代目や弁護士、外務省の若手官僚など、皆世間でエリートと言われる男性ばかりであった。それでも遥香は結婚には踏み出せないでいた。そういう男性たちに何か本能的に惹かれるものを感じなかったせいかもしれない。

それが不思議に賢太郎といると心底安堵し、正直な自分を表現できるような気がしていた。単にこれまで出会ったことがないタイプの男性だから自分の感情が整理しきれていないだけかとも思ったが、そうでもない気がしていた。少し汚れた袖口も、寝癖がついた頭も、彼のすべてが愛おしく思えた。時折見せるはにかんだ笑顔に、その母性をくすぐられた。

遥香は初めて官能小説というものを読んだ。無論それは頬を赤らめるような内容が大半であったが、それでも彼が書く小説にはどこか女性を、人間を優しく表現しているように感じられた。遥香は三十歳を越した今、安っぽい根拠のない恋愛感情に流されるほど子どもではない。それでも賢太郎に対するこの思いをどうしても説明することはできなかった。そして何より自分自身が理解できないでいた。

一方賢太郎は、遥香のことを思うと、これまで抱いたことのない高揚感を覚え、同時に自身の身の上を鑑みては失望し、ただただ一人もがいていた。これまでは自分が一人で生きていくことだけ考えていればそれで良かった。世の中に出ることとかお金をたくさん稼ぐことなど毛頭考えていなかった。その日暮らしができればそれで満足であり、何か病気や事故に遭えばそれで人生が終わりになってもそれで構わないと思っていた。

それが遥香と出会って少しずつ変わっていった。脳の手術が終わって、うまくいったことを告げられたとき、嬉しかったし、ちょっと一人で泣きもした。そして今では、彼女のことをこの上なく大切に慕い、一緒に生きていけたらと密かに思っている。今までこんな女性に出会ったことなどなかった。

遥香が自分と不釣り合いな女性であることも重々承知していた。それでも彼はこの思いを断ち切ることがどうしてもできないでいる。お金を稼ぐために夜警や工事現場のバイトも始めた。身体はきつかったが、精神的には充実していた。最近では官能小説以外に以前書いていたような恋愛小説もまた書き始めている。その内容は以前よりは少しリアリティーが増したような気がするが、それでもいっぱしの小説家のレベルには程遠いことも自覚していた。

初夏のある日、二人は遥香の車で千葉の房総に向かった。お台場からレインボーブリッジを渡る。賢太郎は運転免許を持っておらず、遥香もいつもは電車通勤であり久しぶりの運転だった。白金の自宅を出て、麻布十番で賢太郎をひろい、少し迷ってから浜崎橋ジャンクションから首都高に乗った。

「お～レインボーブリッジ！　僕、車で渡るの初めて～！」

賢太郎は子どものように無邪気にテンションが上がっていたが、遥香は慣れない運転で前を見るのが精いっぱいだった。あとは東京湾アクアラインに乗れば千葉まで一直線だ。何とか無事、アクアラインに乗った遥香は内心ほっとしていた。二人は途中の海ほたるで休憩する。遥香のＢＭＷが少しふらつきながらパーキングエリアに入る。正直、賢太郎は車種などまったくわかっていない。ＢＭＷが高級車であることがわかっておらず、なんでこの車はハンドルが左なのだろうかといぶかしく思っていた。

「遥香、大丈夫？　運転、疲れていない？」

賢太郎は優しく声をかける。

「大丈夫よ、私、運転得意なんだから」

女医の遥香はこんなときでも生来の負けず嫌いが顔を出す。そんな自分にちょっとだけ辟易していた。本当なら男性の運転する車の助手席でかわいいふりをしていたかもしれない自分を少しだけ想像していた。でも賢太郎といるときは何でだろう、やっぱりこの三つ年下の彼を本当に愛おしく思いどこまでも守ってあげたいと思っていた。

賢太郎はもし遥香が光ならば、自分はそれを支える影でも良いと思っていた。光に影はつきものだし、そして光と影は一心同体の存在である。

二人は海ほたるでソフトクリームを食べた。遥香はバニラとストロベリーのハーフ＆ハーフ、賢太郎はブルーベリーを注文した。

「ちょっと、ちょうだい」

と言い終わらないうちに遥香は賢太郎のブルーベリーの先を舐めていた。

「あ！　てっぺんは僕が食べるのに～」

賢太郎は子どものように口を尖らせた。

「じゃあ、僕も！」

賢太郎も遥香のハーフ&ハーフに口をつけた。

「あっ！　賢太郎！　もう～」

遥香もそう言って、手元を引き寄せた瞬間、そのクリームが鼻の頭についた。

「もう！　賢太郎～」

二人はまるで高校生のようにはしゃいだ。遥香は少し甘えた声を出した自分に、少しだけ恥じ入った。そして三つも年下の彼に素直に甘える自分に少し驚いてもいた。どちらかというといつも冷静に人の話を聞くタイプの遥香にしては珍しいことだった。

そして次の瞬間、賢太郎は遥香の鼻の頭を優しく舐めた。

「もう……。賢太郎……」

それが二人のファーストキスだった。

遥香は年甲斐もなく頬を赤らめ、賢太郎は少しだけ申し訳なさそうに下を向いた。

「さ、行きましょ！」

ソフトクリームを食べた二人は車に乗り込んだ。

館山自動車道を南に下り、館山の海岸沿いのフレンチレストランでランチを済ませた二人は野島埼灯台に向かった。

野島埼灯台は、千葉県房総半島の最南端の岬に立つ八角形の美しい灯台で、全国に十六しかない「のぼれる灯台」の一つでもあり、明治二年に日本で二番目に点灯した灯台である。

「賢太郎、待って！　そんなに早く上がらないでよ」

灯台の中の螺旋階段は思ったより長くその傾斜は急だった。日頃運動をしない遥香にはなかなかきつかった。

「遥香、早くおいでよ」

賢太郎は階段を戻り、遥香の手を取った。二人は息を弾ませながら灯台のてっぺんまで上った。

眼下には広大な太平洋がキラキラと広がり、二人はその美景にしばらく言葉を失った。

「あ、大きな船！」

太平洋の長い航海を終え、この灯台を目指して東京湾に入ってくる大型船が遠くに見えた。

「ああ、本当だ！　向こうにもう一隻いるよ！」

賢太郎は遠くを指さした。それはまるでジオラマのようだった。しばらく二人はその素晴らしい眺望を楽しんだ。

浜辺に下りてきた二人は砂浜に隣り合わせに座った。こんなにのんびり海なんか眺めるのはいつ以来だろう。日々、手術や急患に明け暮れる遥香にとっては本当に久しぶりの休日だった。そして今日はその隣に賢太郎がいる。

「海って気持ちいいよね」

賢太郎は大きな背伸びをしながらそう言う。

「本当ね。風がすっごく気持ちいい！」

遥香もつられて背伸びをした。房総のさわやかな風が胸いっぱいに入り込むような気がした。遥香は幼い頃に両親に連れられて湘南に海水浴に行ったときのことを思い出していた。鎌倉には高倉家の本家があり、亡くなった祖父母や両親と一緒にときどき訪問し、夏休みには必ず湘南の海で海水浴を楽しんだ。

「ねえ、子どもの頃、賢太郎は海水浴とかしたの？」

遥香は何げなくそう尋ねた。

「僕、ほかに何もできないけど、泳ぎだけは得意なんだ！」

賢太郎は子どものように嬉しそうにそう言った。施設にいた頃、夏はみんなで浦安の海に海水浴に行っていた。賢太郎は初めて遥香の前で自分の得意なことを聞かれ、それがたとえ水泳のような子どもじみたものであってもなんだか妙に嬉しかった。そして遥香もそんな嬉しそうな賢太郎の顔を見て、やはり嬉しかったのだった。今日、こうして遥香は賢太郎の知らなかった一面をまた一つ知ることとなった。

初夏の房総の海はいつまでもその雄大な姿で二人を見守っていた。

二人は二週間に一度のペースで会うようになっていた。無論、遥香は当直や急患の手術でままならないことも多かったが、それでも二人は時間を見つけては互いに会うのを何より楽しみにしていた。

「ごめんなさい！　また遅れちゃった」

遥香は息を切らして待ち合わせの恵比寿の写真美術館前に現れた。

「僕も今来たところだよ」

賢太郎は三十分前から待っていたことなどおくびにも出さずそう答えた。

「うそ！　手、こんなに冷たくなってる……」

そう言うと遥香は賢太郎の手を取り、息を吹きかけた。十一月に入り、都内も一気に冬の足音が聞こえるようになっていた。

「ごめんね。いつも遅れて」

遥香はそう言うと申し訳なさそうに頭を下げ、寒さで指を折り曲げた賢太郎の手に息を吹きかけた。

「遥香センセーはいつも忙しいんだから、気にしないで。僕は……、残念ながらまだ暇だから」

賢太郎は少し恥じ入るようにそう答えた。遥香は指導している研修医の患者への処置がうまくいかず、出がけにそのサポートを余儀なくされ、待ち合わせの時間に十五分近く遅れてしまっていた。賢太郎は朝から新しい恋愛小説を書いていたが、昼からは遥香とのデートのことが気になってほとんど書けていなかった。最近は官能小説ではなく、普通の恋愛小説を書いていたが、それは残念ながら凡庸なものであった。

「さあ、寒いから早くいきましょう」

遥香は賢太郎に腕組みをすると予約したカジュアルイタリアンの店に向かった。今日は遥香がごちそうする番だった。それでも賢太郎の負担にならないように決して敷居の高くない、それでいて味の確かなお店をチョイスしていた。恵比寿駅近くのそのお店は若いカップルで賑わっており、二人はその中では年嵩のほうだったが、そんなことはまったく気にしない。遥香は要領良く飲み物と前菜をオーダーした。女も三十歳を越えるとあれこれ迷うようなあざとい真似はしない。ほどなく若い男の店員が慣れた手つきでビールとカプレーゼ、それと花ズッキーニのフライを運んできた。

「かんぱ～い！」

二人はグラスを合わせた。外は寒かったが、店内は若者の活気であふれており、冷たいビールがおいしかった。

「あ～おいしい！」

遥香は病院から大急ぎで駆け付けたこともあり、ようやく一息ついた。目の前にはいつもの賢太郎の優しい笑顔がある。それはこれまで遥香が付き合ったエリートたちの辺りを睥睨（へいげい）するような自信に満ち満ちたそれではなく、ただただ遥香を愛おしく見守ってくれるような優しいまなざしであった。

「小説の進み具合はどう？」

遥香は遠慮なくそう尋ねた。

「なかなかね～」

賢太郎もその問いに素直に答えた。遥香の前ではなぜだか素直になれる。これまで家族もなくたった一人で生きてきたことで、人前で自分の感情を素直に表すことなど皆無であった。というか人と接する機会も極めて乏しく、その人生はまったく色のないそれであった。しかし、遥香と出会ってから彼の人生にほんのわずかだが色が付き始めていた。

「まあ焦ることはないわよ。そのうちとびきりの傑作ができるかもよ」

遥香は期待を込めてそう言った。正直彼の官能小説を読んだときは三十女の自分でも頬を赤らめたが、先日見せられた書きかけの新作はそういう類のものではなく、何というか女性に対する優しさが垣間見えたからだ。彼に小説家としての才能があるか否かなど遥香には到底わかり得ないことであったが、純粋にそうであって欲しいと思った。それは自分のためにではなく、彼自身のためにそうであって欲しいと心から思った。

「なんだか筆が進まなくて……」

申し訳なさそうにうつむいたままそう言った賢太郎は、それでも「筆が進まない」などといっぱしの作家のようなことを口にした自分のことがどこか恥ずかしく、ほんの少しだけ誇らしくも感じていた。そして自分のためだけではなく、遥香のために少しでもいっぱしの半分くらいでも良いから作家の隅っこに座れればと思った。

「ほら〜、グラタン、冷めちゃうわよ」

遥香は賢太郎の小皿にアツアツのプチヴェールとホタテのグラタンを取り分ける。

「うまそ〜！　これ、何？」

賢太郎はプチヴェールを口に運ぶ。

「アッツ！」

賢太郎は慌ててビールを口にした。

「ほら、気をつけないと」

遥香は紙ナプキンを手渡す。

「これはプチヴェール。芽キャベツとケールのあいの子。フランス語で小さな緑っていう意味なのよ。わりかしイケるでしょ」

遥香もその少しほろ苦い味を楽しんだ。

「遥香は何でもよく知ってるな〜」

賢太郎がこれまで生きてきた中でプチヴェールに遭遇したことはもちろんなかったし、遥香と出会わなければこの先も口にすることなどなかったであろう。

ドルチェのビニェとアフォガードが運ばれてきた頃、二人はいつもより酔いが回っていた。

第3章　撃鉄

「まったく、困ったことだわ……」

城東総合病院の総合医局で産婦人科医の佐伯が愚痴をこぼしていた。年が明け、年始の多忙な時期も過ぎ、二月に入ると病院も少し落ち着きを取り戻しつつあった。

「どうしたの？　佐伯先生」

遥香は昼食後、香りの良いコーヒーをサーバーからジノリのマイカップに注ぎながらそう言った。

「高倉先生、聞いてくれます？」

女医同士で仲の良い佐伯は遥香の向かい側に座ると話し始めた。

「実は、私の患者で予定日が再来月の女性がいるんですけどね……」

佐伯の話では、夫が妻の素行を疑い、生まれてくる子のＤＮＡ鑑定を願い出たというのである。もちろんこの時点での人工中絶は不可能である。

「今さらＤＮＡ鑑定なんかして、どうしようっていうのかしら……」

佐伯は続けた。

「だって、先生、再来月には嫌でも赤ちゃん生まれてくるんですよ。それをこの時期になってＤＮＡ鑑定だなんて……。母体の精神状態は不安定になるし、妊婦のご両親はいったいどういうことかと病院に怒鳴り込んでくるし。そんなことは病院が関知することじゃないでしょ！　あんたたち、家でやってちょうだいって言いたいわ！」

　彼女は憤慨した様子でそう捲し立てた。

「そうね……。その旦那さん、いったいどういうつもりなのかしら……」

　遥香もいぶかしく思った。

「何でも、奥さんの元カレが出てきて、お腹の子は俺の子だ、なんて旦那に吹き込んだらしいのよ」

「え～！　マジで⁉　それって修羅場ってやつ？」

「そうそう！　まさに修羅場！　外来で、大変だったんだから！　尾崎部長まで飛んで来てそれはもう大騒ぎ！」

　佐伯はちょっと楽しそうにそう話す。女性はやはりこの手の話が大好物だ。

「で、どうなったの？」

　遥香も少しだけ身を乗り出してその先を尋ねた。

「それがね、先生……」

　佐伯は少し気を持たせ気味に続ける。

「うんうん！」

　遥香は膝を近づける。

「妊婦さん、鑑定を拒否ったのよ」

「あらま～！」

「どうやら生まれてくる子がその旦那の子ではないって本人に自覚があるみたいなのよ」

「あらあら！　やっぱその元カレの？」

「そこまでは私も聞けていないんだけど。まあそういうことなんじゃないかしら。この上、第三の男とか出て来たらもう修羅場じゃすまなくなるわよね。でも奥さん、最初は私のことが信じられないのか、なんともかなり高飛車な態度だったんだけど、旦那さんが法的に争うとまで言った途端、態度が一変したのよ」

「それで、それで？」

「どうやら旦那さん、本気みたいで先日、弁護士連れて外来に来たのよ」

「まあ、旦那さんの気持ちもわからなくもないわね。だってもう生まれてくることはどうしようもないことだし、それでほかの男の子を育てろって言われてもね〜」

「そうなのよ。だから修羅場って感じなの」

「それでどうするの？」

「どうするって言われてもね……。まあ尾崎部長がそのあたりは対応しているけど、結局ＤＮＡ鑑定だって本人の同意がなければ無理強いはできないわけだし、ご家族間で良く話し合って結論を出してくれって言ったみたいよ」

当然の対応だろうと遥香は思った。それで家族の総意として鑑定を希望されれば「病院側が対応する」、ということになるだろうし、あくまでも妊婦が拒否すれば「それは当院ではできません」、と言うしかない。今の医療現場では医療内容の説明と患者の同意が何よりも優先されるのだ。

「でも一番かわいそうなのは生まれてくる子よね」

「本当に、その通り。どう転んでもそうなったら離婚は避けられないだろうし、その元カレが果たしてその責任を取るかどうか……。慰謝料請求もされるだろうからおそらく逃げ腰になるのは目に見えているわね」

「でもその元カレ、なんでそんなことばらしちゃったのかしら……」

遥香はそこに合点がいかなかった。

「そうそう、私もそう思ったんだけど、どうやらその旦那に自分の彼女を取られたように思って、秘密を暴露したみたい。女性は二股かけてたみたいだから」

「そっか、まあ自業自得ってとこね。佐伯先生もとんだ貧乏くじね」

「そうなのよ。女性の両親にはお前がＤＮＡ鑑定なんて吹き込んだんだろうって罵倒されるし！　私もう少しで切れそうになって、『お宅の娘さんがふしだらだからじゃないですか！』って言いそうになったわ。すんでのところで尾崎部長が止めてくれたけど」

遥香は思わずコーヒーを吹き出しそうになった。

「私なら言ってたかも」

遥香はそう言って笑った。

しかし、ＤＮＡ鑑定という言葉が妙に頭の隅にこびりついて離れなかった。なんだか嫌な胸騒ぎがした。それは遥香が医学部の学生時代のことだった。法医学の授業で核酸抽出とその解析についての講義があり、自分あるいは家族や友人のＤＮＡを抽出しその配列の一部を解析するという実習を伴うものだった。ＤＮＡの採取に際して相手の同意を得るようにとの指示があったが、遥香は面倒だからと両親の髪の毛を無断で持参した。

その結果、不思議なことに父親との間に親子関係がないという結果が出てしまったのだった。そのときは自分の抽出あるいは解析のミスだろうと思ったし、またその解析は信頼度がそれほど高いものではなかったため、あまり気にも留めなかった。しかし、今回、佐伯の話を聞いて妙な不安が胸をかすめた遥香は、密かにもう一度両親とのＤＮＡ鑑定を行うことにした。

もちろん自分の病院や知り合いの所にはこんなことは頼めない。ネットで信頼できそうなサイトを探し、そこに三人の髪の毛を提出したのだった。費用は十万円近くもかかり、決して安いものではなかったが気持ちの整理をつけるためには仕方ないと思った。その結果は……。

恐れていた通りだった。母親とは血縁が証明されたが、父親とは血縁関係にないという結果だった。遥香はそんなはずはないと別の業者三社にも同じ検査を依頼したが、結果はすべて同じものであった。

「パパは、私の本当のパパじゃない……」

遥香は明らかに動揺した。いったいどういうことなんだろうか？　冷静になろうとすればするほど感情のコントロールができなくなり、彼女は一人自分の部屋で声を押し殺して泣いた。決して両親に悟られないように泣いた。その夜は一睡もできなかった。

翌朝、両親の顔をまともに見ることができず、彼女は高倉家にお手伝いとして長年働いている美佐江が用意してくれた朝食を断って足早に家を出た。勤務先までの道すがら、彼女はもう一度冷静になって考えた。ママは本当の母親であり、パパは本当の父親ではない。ということはママが誰かほかの男性との間に関係を持ち、私が生まれた。それ以外は考えられない。そう結論付けるしかなかった。

このことは誰にも相談できない。無論、今の時点で両親にこの話をする勇気はない。おそらくパパはこの事実を知らないだろうし、もしかしたらママ自身もそれに気づいていないかもしれない。遥香がこのことを口にした瞬間、これまで幸せだった高倉家は一瞬にして崩壊してしまう。

また、もしママがこの事実を知っていてそれをパパや私に隠していたとしたら、それはもっと許せないような気もしていた。あの貞淑で献身的なママがパパや私を裏切っている。そんなことはどうしても想像できなかったし、そうは思いたくなかった。しかし現実は残酷であり、その可能性も否定できない。

もしかしたら美佐江さんは何か知っているのかもとも思ったが、他人にそんなことは聞けない。どんなに自分のことをかわいがってくれているとしてもやはり彼女はどこまでも他人だった。

遥香は少し一人になりたかった。白金のあの家でこれ以上両親の顔を見ながら生活することはどうしてもできなかった。何か適当な理由をつけて一人暮らしを始めることにしようと考えた。適当な理由はすぐには思いつかなかったが、それでも何か理由を探した。

そしてまもなく、自分ももういい年だしいつまでも実家暮らしは世間体が悪いなどと無理やりな理由を探し、母親にその旨を告げた。当然両親は強く反対したが、遥香は一人で部屋を探し、止める両親の言うことも聞かず、ある春の日に家を出た。いつにない遥香の強硬な態度に二人はなすすべがなかった。


「遥香、どうしたの……」

明らかに元気のない遥香の曇った顔を見て賢太郎はそう尋ねた。やはり自分のことが嫌になって別れを告げようとしているのか、ついそんなことを考えてしまう。

「賢太郎……」

そう言うと遥香は両親とのＤＮＡ鑑定のことで初めて人前で涙をこぼした。お台場のアクアガーデンからは漆黒の東京湾にレインボーブリッジの灯りが浮かんでは消え、消えては浮かんでいた。屋形船の灯りがちらちらと美しい。

意を決して遥香はこれまでのことを話した。賢太郎もにわかには信じられない話だった。誰よりも両親の愛情を一身に受け、何不自由なく恵まれた人生を送ってきたと思っていた遥香にこんな過酷な運命がのしかかっていることを、我がことのように嘆いた。

「遥香……」

正直、賢太郎は何と声をかけてよいのかわからなかった。ただただ遥香を抱きしめた。

「私、家を出たの」

「ご両親には何て？」

「父と母にはこのことはまだ何も話していない。もし私がこの話をしたら、うちはもう終わりよ」

そう言ってまた涙をこぼした。賢太郎には理解できない「家族の存在」が重くのしかかる。家族とはそんなに脆いものなのだろうか？　父も母も兄弟もいない自分にとって家族というのはこの上なく崇高で堅固で決して壊れることのないものだと思ってきた。そして憧れてきた。それがこんなにも脆く、いとも簡単に崩壊してしまうということがどうしても理解できなかった。

「私、賢太郎と一緒に暮らしたい……」

遥香は賢太郎にすがりついた。賢太郎はもう一度遥香を強く抱きしめた。どれほど時間が経っただろう。賢太郎はこう言った。

「遥香、君のことは僕が絶対に支える。どんなことがあっても守り抜く。こんな何の取り柄もないつまらない男でも絶対に遥香のことは僕が守るから……」

そして続けた。

「でも今は一緒には暮らせない。今、遥香と一緒に暮らし始めたら、それこそ僕はダメな男になってしまう。遥香のご両親にも申し訳ない。血がつながっていようがいまいが、遥香のお父さんとお母さんはやっぱり遥香のお父さんとお母さんだから」

そう言う賢太郎も泣いていた。彼は心からそう思った。今、遥香の部屋に転がり込んだら、傷ついた遥香の弱みに付け込むさもしい男になってしまう。自分は金も社会的地位もない男だが、そんなさもしい人間ではない。

ただ、彼には家族という存在が理解できない。血のつながりというものは彼の中には存在しない概念だった。そんな自分が遥香を助けてあげることができるのだろうかと悩んだ。

それにしても家族とはいったい何なんだろう。こんなことになるのなら自分のように家族などいないほうが幸せなのではないか？　それとも家族とはどんな境遇になろうともそれだけで幸せな存在なのだろうか？　こんな自分には今の遥香に対してどんなアドバイスもできそうにはなかった。

遥香は賢太郎の胸でまた涙をこぼした。彼はそんな遥香をただただ抱きしめてやることしかできなかった。遠くの大型船の汽笛が遥香の泣き声をかき消した。

「ごめんなさい。賢太郎」

遥香は少し冷静になって涙を拭いた。そして、

「ありがと」

と少し微笑んだ。

賢太郎が本気で自分のことを大切に考えてくれていることが何より嬉しかった。彼は私のことを真剣に愛してくれている、その思いがひしひしと感じられ、遥香は少しだけ安堵した気持ちになった。

「そうだ、遥香。今度二人でどこか旅行に行こう！」

「旅行？」

思いがけない賢太郎の言葉に遥香はそう答えた。

「うん。一泊でどこか近くに。僕が計画するよ！」

彼はそう言ってほほ笑んだ。

賢太郎はそれから懸命にバイトをした。もちろん本業の執筆活動のほうも以前にも増して力を入れた。肉体労働、夜警、レストランの裏方……。ありとあらゆる仕事を躊躇なく何でもやった。それは肉体的にはつらくても精神的には極めて充実していた。彼はこうして十万円のお金を貯めた。そして執筆活動も少しずつ進んでいた。これまでの想像の域を超えないような底の浅い恋愛小説ではなく、新しい作品は男と女の心の底にある機微に触れるような作品だった。

「今回は電車でごめんね」

賢太郎と遥香は上野駅から常磐線の特急ときわに乗っていた。

「ねえ、賢太郎、どこに連れて行ってくれるの？」

賢太郎はにやにやと、

「内緒」

とだけ答えた。

「もう。いじわる！」

遥香は賢太郎の肩を小突いた。

電車は千葉から茨城に入り、車窓からの風景も少しずつのんびりしたものに変わっていった。

日頃の激務から離れ、遥香はほっとしていた。久しぶりに有給休暇を取った。部長は遥香が有休を取るなど珍しいことだったので、何かあったのかと心配してくれたが、遥香は曖昧に返事をしておいた。まさか男と二人で一泊旅行なんて、いい年をして恥ずかしくて到底言えなかった。が、どこかで誰かに言いたい矛盾した気持ちがあったのも事実だ。

電車は一時間ほどで石岡駅に到着、ここで乗り換えた二人は岩間駅で下車した。それは東京育ちの遥香には何とも寂しいローカル駅だったが、なんだかそれでも賢太郎と二人でいることでワクワクしていた。

それにしてもいったいどこに連れて行ってくれるのだろう。賑わっている観光地とも思えず、周辺に有名な温泉もないようなところのようだ。それでも最近建て替えたのだろうか周囲とやや違和感のある黒塗りの駅舎の改札を出ると、目の前にはすずらんロードという商店街が延びていた。

それはやはりさびれた地方の商店街であったが、どことなく人のよさそうな老夫婦が仲良く買い物をしている。お爺さんがお婆さんの荷物を代わりに持とうとするとお婆さんはそれを拒み、自分で持とうとする。でもお爺さんがまたそれを持とうと二人で荷物を引っ張り合っている姿を見て遥香は苦笑した。私たちもあんな夫婦になれたら、と遥香は温かいまなざしでその姿を追った。

「遥香、何笑ってんの？」

賢太郎は不思議そうな顔でそう尋ねた。

「何でもない」

そこから二人はタクシーに乗り、森の中へと進む。十分ほどで目的地に到着した。そこは流行りのキャンプ場で、賢太郎はここで遥香をグランピングに招待したいと考えていたのだった。今の自分には遥香が満足できるような高級旅館やホテルを用意することは難しい。でもここなら比較的料金も手軽で、バーベキューを楽しみ、カウンターバーでお酒も飲める。そして夜は東京では見られない満天の星を楽しむことができる。

遥香が喜んでくれるかどうか不安だったが、賢太郎は今の自分にできる最大限のおもてなしをしたいと思っていた。いろんなことで傷ついた遥香の心を少しでも慰めてあげたいと心底思っていたのだった。

「え～！　ここって何？　キャンプ場？」

遥香はいささか戸惑ったようにそう言った。

「うん。ちょっと待ってて。今手続きしてくるから」

そう言うと賢太郎は受付のあるロッジへ向かった。

「キャンプ⁉　するの……、私たち」

さすがにこの年でキャンプって……。遥香はそのチョイスに戸惑っていた。

「さあ、遥香！」

そんな遥香の手を引いて賢太郎は奥に向かった。そこにはグランピング用のお洒落なテントが用意されていた。

「さあ、どうぞ。お姫様！」

そう言って賢太郎は遥香をエスコートした。テントの中は思いのほか広く、天井はかなり高かった。麻のマットが敷かれており、大きなカウチとかわいいテーブルが置かれていた。ベッドには気持ち良さそうな真っ白の羽布団が掛けられており、天井からはバラとミモザのドライフラワーが良い香りを放っていた。

「賢太郎！　何ここ？　すっごい素敵～！」

遥香は子どものようにはしゃいでいた。本当に素敵なたたずまいであったし、賢太郎が自分のためにあれこれ手配してこんな素晴らしいチョイスをしてくれたことが何より嬉しかったのだ。

その日は夕方から部屋のデッキでバーベキューをした。自宅の庭で簡単なのをやったことはあったが、こんなキャンプ場で本格的なバーベキューをするのは初めてだった。賢太郎はいつになく堂々とそしてかいがいしく遥香をもてなしてくれた。その姿を遥香は頼もしく感じた。これまでお見合いをした男性がごちそうしてくれたシャトーブリアンや伊勢海老やフォアグラではなく、普通のカルビやタンや地元の野菜。でもそれは遥香がこれまで食べたどんなごちそうより美味であった。

「賢太郎。おいしい」

遥香の久しぶりに幸せそうな顔を見て賢太郎は嬉しかった。ただただ嬉しかった。

そして改めて遥香は自分が守ると心に誓った。

その後、アウトドアバーでお酒を飲む。遥香はギムレットを、そして賢太郎はハイボールを一杯だけ飲んだ。遥香は酒に強いが、賢太郎はめっぽう弱かった。

二人はどれほどの時間だろうか寝そべったまま満天の星を眺めた。山の上のファイヤプレイスではずいぶん空が近く感じられた。

「私、何かあるといつも雨が降るんだけど、でも今日はこんなに良いお天気でこんなに素敵な星空が見れるなんて、本当に良かった」

遥香は少しだけ横を向いてそう呟いた。

「え！　本当に！　僕もよく雨が降るんだ。でも今日は晴れてくれて本当に良かった。こういうところだからもし雨が降ったら、って心配してたんだ」

賢太郎も遥香のほうを向いてそう言った。

二人は足を伸ばしたまま上半身だけ起き上がった。眼下には街の灯りがちらちらと美しく輝いていた。ぱちぱちと燃える炎を見つめながら、その一つひとつに幸せな家庭があるのだろうか？　遥香はぼんやりとそんなことを考えていた。あの灯りの下でパパとママと子どもたちがワイワイ晩御飯を食べているのだろうか？　坊やとパパが一緒にお風呂に入ってお湯鉄砲で遊んでいるのだろうか？　牛乳をひっくり返した女の子がママに叱られているのだろうか？　そんな家族の一つひとつの日常が遥香の頭の中を巡り、遥香は不覚にも涙ぐんでしまった。

「遥香？　どうしたの？　大丈夫？」

賢太郎は少し戸惑った様子で声をかけた。

「ううん、嬉しくて……」

遥香は即座にそう答えた。それは間違いではなかった。ここしばらく家族のことでつらい思いしかしていなかった遥香にとって、さりげない賢太郎の優しさは心に沁みた。単なる高級ホテルやお値段の高いフレンチにはない本当に温かい優しさに涙をこぼしたのだ。

しかしそれだけではない。灯りの下に見えるそれぞれの家族は本当に幸せなのだろうか？　家族っていったい何だったんだろう。私とパパとママは家族じゃないの？　パパとは血がつながっていないからやっぱり私たちは家族じゃないの？　これまでの三十有余年の私たちの生活はいったい何だったの？　家族ってこんなにも脆く簡単に壊れるものなの？　そんな思いが錯綜して涙をこぼしたのも事実だった。何が本当の家族で、何がそうじゃないのか？　私たちは偽装の家族だったのか、そう思うとやはり涙が止まらなかった。

「遥香……。何があっても僕がそばにいるから」

そう言うと賢太郎は遥香を強く抱きしめた。それは賢太郎が遥香の心の中にある不安を本能的に感じ取ったからかもしれない。彼は幼い頃から一人で生きてきた。常に一人だった。施設ではほかの子どもたちも先生もいたが、それとは別の話だ。彼は一人だった。

そのうち自分の感情を表に出すことをやめてしまっているような気がしていたし、そうすることができなくなっていた。その分なぜだか人の悲しい心の底がわかる。今の遥香の涙は嬉しいだけじゃない、やはり彼女の心の奥底にはとてつもない悲しみが宿っていることを瞬時に感じ取っていた。

　二人は夜が更けるまで寄り添い、ファイヤプレイスの炎を見つめていた。空には満天の星がきらびやかに瞬き、それはまるで二人を見守っているかのようであった。その晩、二人は初めて結ばれた。


　遥香が自身の身体の異変に気づいたのは、キャンプデートから二ヵ月が過ぎた頃だった。軽いめまいを自覚し、手術の際にはふらつくこともあった。また微熱や軽い腹痛があり、疲れが溜まっていたので風邪でも引いたのかと思っていた。しかし、月経がないことに気づいて、簡易式の妊娠チェックをしたところ陽性が判明した。

　遥香は明らかに動揺した。仕事のこともあったが、何より賢太郎のことである。両親には何ひとつ報告していない。おそらく結婚どころか交際すら頑強に反対されるに決まっている。今の賢太郎に家族を養う力は正直期待できない。もちろん遥香が稼げば良いのであるが出産・育児となるとそれもままならないかもしれない。かといって実家に頼るわけにはいかない。

　遥香は途方に暮れた。そして真美と葉子を呼び出し、事の次第を相談した。

「遥香……。それは……」

　二人は言葉を失った。二人ともお嬢様育ちで無論未婚での妊娠など経験もなく、それも生活力のない男性との間に子どもが生まれるという事実を受け入れることができなかった。

「私、どうしたらよいか……」

　遥香は涙ぐんだ。三人の間に長い沈黙の時間が流れた。

「私は……」

葉子が重い口を開いた。

「かわいそうだけど、遥香。堕したほうがよいと思う」

彼女は遥香と目を合わさずにそう言った。

再び三人の間に沈黙が流れる。

「でも遥香はどうなの？　やっぱり産みたいの？」

真美が遠慮がちにそう尋ねる。遥香は少し迷った挙句、小さくうなずいた。

「でもおじ様やおば様が何ておっしゃるか……」

すでに結婚してごく普通の、といってもかなり恵まれた家庭生活を送っている葉子はやはりその点を指摘した。彼女にとって幸せとは普通に釣り合った相手と家族みんなに祝福された結婚をして子どもを産み、穏やかな家庭をつくり、それを守ることだったからである。

おそらく三人の学生時代の同級生はみな同じような考えを持ち、同じような結婚をし、傍から見れば幸せな生活を送っているに違いない。葉子にとって親友である遥香がそのまともな道から外れるのを見るのは忍びなかった。できることならごく普通の相応の相手と一緒になって、両親を安心させてあげてほしかった。それを見守ることが幼い頃から一緒に過ごした友としての役目だとも思っていた。

真美も遥香のことを大事に想う気持ちに変わりはなかったが、葉子とはいささか違っていた。真美は遥香の気持ちも少しわかるような気がした。彼女は脳外科医として自立し、生活能力も自分たちに比べたらずいぶんと高い。その仕事にプライドを持って日々多忙な生活を送っている。正直な話、親の援助がなくても十分にやっていけるはずだ。その遥香が初めて自分の伴侶たるべき男性と出会った。その男性が実際どんな男なのか、会ったこともないのだから知る由もないが、自分の親友である遥香が選んだ男性なのだからきっと信頼できる相手に違いない。幼い頃からの親友だからこそ、そう確信していた。

遥香の話では施設で育ち、売れない小説家ということだから、世間一般では到底遥香の両親が認めるはずのない男性かもしれない。でも遥香がその相手を選んだことは信じたいと思っている。

その反面、真美は自分の中に沸々と思ってもみなかった感情が頭をもたげ、少なからず動揺していた。自分は遥香の幸せを本当に願っているのか？　葉子が結婚して三人娘の独身者は遥香と真美の二人になった。葉子は親の望む通りにエリート官僚と結婚し、絵にかいたような幸せで堅実な生活を送っている。正直、嫉妬がないと言えば嘘になる。そこに遥香の妊娠の話が飛び込んできた。相手はエリートとは程遠い存在の男だ。心配なのは当然だが、どこか心の奥底で嘲笑している自分を見いだしてこの上なく嫌な気持ちになった。私はそんな嫌な女だったのか？　純粋に親友のことを心配することすらできないほど、荒んでいるのか？　三十路を過ぎ独身でいることがいつの間にか自分をどこか別なところに追い込んでしまっているのか？　そんな自分が情けなく、思わず涙ぐんでしまった。

「真美、ごめんね。私のことでそんな心配かけて……」

真美が自分のことで涙を流してくれていると勘違いした遥香は逆に恐縮し、そう声をかけた。

「いや、そんなこと……」

真美はそう答えるのが精いっぱいだった。葉子はそんな二人をただ不安そうに眺めるだけだった。

二時間近くが過ぎ、辺りも暗くなり始めたが、世間知らずの三人にこの先どう話を進めていくべきか妙案は浮かばなかった。

「ごめんなさい。今日は主人が少し早く帰ってくるので、そろそろ夕飯の用意をしなくてはいけないの」

葉子は申し訳なさそうにそう言った。

「あら、本当に。ごめんなさい。こんなことで二人を呼び出したりして」

遥香は自身のことで精いっぱいだった自分をわびた。それでもこの二人に話すことでどこか安堵し少し気が楽になったように感じていた。無論何も解決はしていない。むしろこの先のさまざまな困難を考えると益々気が滅入るばかりであったが……。

それから一週間が過ぎた。このまま時間を無駄に過ごすことはできない。遥香はまず賢太郎に妊娠の事実を告げた。

「えっ！　赤ちゃんが……」

賢太郎は湧き上がる喜びでいっぱいだった。その顔を見た瞬間、遥香は絶対にこの子を産もうと決心した。少しでも賢太郎の眼に不安や後悔が認められたら、この子はあきらめようと決めていたのだった。

「僕に子どもが……」

家族のいない彼にとって自分の子どもを授かるということは生まれて初めて家族ができるということを意味した。幼い頃に虐待されていた記憶は本能的に消え失せている。そんな彼にとって家庭とは憧れであり、夢であり、ただただ希望であった。そこにまつわるさまざまな苦悩やトラブル、家族だからこそ発生するさまざまな問題など、今の彼には想像すらできなかった。

「それでね……」

遥香は遠慮がちに切り出す。

「近いうちにうちの両親に会ってほしいの」

賢太郎は瞬時に現実に引き戻された。改めて遥香がちゃんとした家庭のお嬢さんであることを認識せざるを得なかった。自分は身寄りのない冴えない自称小説家、それもまだまともな小説を世に出すことすらできていない。収入はバイトでその日暮らしに近いものだ。到底妻や子どもを養える状況ではない。

脳腫瘍の既往もあり、遥香のおかげでほぼ完治し内服治療のみにまで回復してはいるが、そのことも決して良い印象は与えないだろう。どの面を下げて、お嬢さんとお付き合いし子どもができましたなどと、ご両親に挨拶できるのだろうか？　ぶん殴られて追い出されるのは目に見えている。それでも賢太郎は遥香と離れたくなかった。ましてや二人の間に授かった新しい命を失うことなど決して許容できるものではなかった。

「わかった。必ず挨拶に伺わせてもらうよ」

彼はそう答えたものの、内心途方に暮れた。これまでの人生をどうしてもっと大切に生きてこなかったのか、遥香のためにもう少しでも何かできることはなかったのか。そう悔やんでももう時間はなかった。現実は執拗に彼を、そして彼女を追いこんでいく。

年が明け、世間が元の生活に戻り始めた頃、賢太郎は一張羅のスーツを着て遥香の実家を訪れた。客間に通されたが、四人の間には重い沈黙だけが続いていた。お手伝いの美佐江がお茶のお代わりを運んできた。

「美佐江さん、お茶はもういい」

遥香の父であり、この白金の地で父親の代から内科の開業医をしている晴彦は苦虫を嚙み潰したような表情を崩さなかった。母親の恵子は隣でずっとうつ向いたまま一言も発しない。ときどき小さな肩を震わせていた。遥香は自分の置かれた立場を呪った。どんな家庭でもいざ娘が結婚となるとさまざまな問題が発生することはよく耳にする話だが、自分の場合には乗り越えなくてはならないハードルが高すぎる。

施設で育った年下のどこの馬の骨ともわからない売れない小説家、それに脳腫瘍の既往がある男など、手塩にかけて育ててきた大事な娘の相手として到底考えるに値しない。自分たちの娘の相手は当家にふさわしいそれなりの家庭のご子息であるべきであり、結婚とは双方の家と家との結びつきでもあり、それが両家にとって、そして何より若い二人にとっての幸せというものだ。父も母もそう信じて疑わなかったし、自分たちもそうしてきた。そして今、幸せである、そう確信している。この先、遥香が内科の医師と結婚して二人でこのクリニックを継承してくれ、そしていつの日かかわいい孫ができ、三世代でいつまでも幸せに暮らす、それが自分たちの人生設計だった。

それをこの、今現実に目の前にいる、この男がすべてをぶち壊そうとしている。絶対に許すことなどできない。この疫病神を一刻も早く遥香の、そして自分たちの前から抹殺してしまいたい。晴彦はそんな衝動にかられた。その思いは母の恵子も同じだった。親というのはそういうものだ。遥香が家を出たのもこの男のせいに違いない。世間知らずの愛娘をこの施設上がりのヒモのような男が金目当てに、たぶらかしたに違いない。晴彦はそう確信し、賢太郎をぶん殴ってやりたい衝動にかられた。

「君は遥香を……」

そこまで言いかけて晴彦は言葉を詰まらせた。これ以上、話をしても埒はあかない。この男にもうこれ以上かける言葉などない。是が非でも遥香をこの男と引き剝がして、何としても遥香には幸せになってもらいたい。ただその一心だった。遥香には自分たちの敷いた幸せへのレールに間違いなく乗って、自分たちが思うような幸せな人生を歩んで欲しい、それが高倉家みんなが幸せになる唯一の道だと信じて疑わなかった。

賢太郎は口にすべき言葉も見いだせず、高倉家をあとにした。

第4章　ゲット・バック

賢太郎が遥香の実家を初めて訪れてから二週間が過ぎた。この間、二人は連絡を取っていなかった。お互いに何と声をかければ良いのか考えあぐねていた。もちろん遥香はあの日から父とも母とも話をしていない。家を出ていてよかったと思ってもいた。血のつながりがないくせに結婚に猛反対する父と顔を合わせて生活することなどできなかった。

遥香はどうしても一人でいることがつらく、晴海にある真美のタワーマンションにしばらく居候した。もちろん真美は遥香の実家には内緒で連絡しており、心配しないよう彼女の両親に話は通している。遥香はそのことにうすうす気づいてはいたが知らん顔をしていた。

「遥香……。ここにいるのは全然かまわないんだけど。でもいつまでもこのままってわけにはいかないわよ。そのうちお腹も大きくなってくるだろうし」

真美は本気で心配した。もしここで遥香の体調が悪くなったら、いったい私はどうしたら良いのだろう？　医者でもない私には何もできない。遥香は医者だけど私は違う。万が一私の対応の不備で遥香が流産したり、何か大変なことになったらいったいどう責任を取れば良いのだろう？　真美はやはりお嬢様であり、そのため心配性で小心者だ。

それを察した遥香は、間もなく真美の部屋を出て、自分の借りているマンションに戻ることにした。やはりこの問題は自分一人で解決するしかない。家族だと思っていた両親は今や自分の人生の障害でしかないし、友人も決してあてにはならない。そんな絶望感に苛まれていた。

　これまで自分が絶対だと信じていたものの存在はいとも簡単に崩れ去ってしまった。家族とはそんなに脆いものなのか？　それは自分と父親に血のつながりがないからなのか？　もし本当に血のつながった親子だったらこんなことにはならなかったのか？　この世の中に絶対というものは存在しない、そのことを痛感していた。

　一方、遥香からＤＮＡの話を、そして親子鑑定の話を聞いた賢太郎はあれから自分のＤＮＡというものに言いようのない興味と不安を持っていた。それが人間の、そして家族の絆の根本だと聞かされた賢太郎は自身のＤＮＡにいったいどのような秘密が隠されているのかとしばらくはそればかりを考えていた。

　天涯孤独の身だと思っている自分にも人並みにＤＮＡというものが存在する。それはすなわち自分もご先祖様から綿々と受け継がれてきた存在である証なのだ。自分の身体の中にもＤＮＡがあるということで何となく世の中とつながっているのだと感じ、賢太郎にとってはなぜかしら嬉しかったのだ。そして賢太郎は遥香に自分のＤＮＡについても調べてみたいと相談した。それはこの先に待っている悲劇の始まりであった。

　遥香は賢太郎の口腔粘膜を採取し、先日調査を依頼した、遺伝子解析機関の中で最も信頼できる業者にその解析を依頼した。通常の遺伝子座数より多い46ローカス、すなわち46ヵ所の遺伝子座を調べることにより、一層正確な解析が可能となる。その結果は二人の意に反し奇妙なものだった。最初はまた間違いかと思った。でもほかの機関で複数回再検してみても結果は同じだった。

「いったい、どういう……」

　遥香はその意味を測りかねていた。遺伝子座が一致しているということは遥香と賢太郎の間に何らかの血のつながりがあるということだ。しかし、賢太郎は施設で育った身寄りのない人間であり、遥香は高倉家の一人娘であり、兄弟はいない。母が再婚であるなど聞いたこともないし、あの母が賢太郎を産んでそのままどこかに放置したなど考えられない。自分と賢太郎の間に血のつながりなどあろうはずがない。

遥香は明らかに混乱していた。だが科学は嘘をつかない。医師という仕事は仁術であると祖父や父から教えられたが、もちろん医学は科学でもある。詳細な検査と適切で冷静な判断が最も大事な医師の条件であることは言うまでもない。今回の結果は遥香と賢太郎が姉弟の関係であることを証明していた。考えられるのは二人の本当の父親が同一人物であるということだけだ。それ以外に考えられない。しかしこのことをどう確かめたら良いのか？　自分は今妊娠をしている。それは紛れもなく賢太郎の子どもだ。だから万が一、私たちが姉と弟だとするとそれは大変なことだ。

遥香はとりあえず賢太郎に彼の出生について確かめることにした。

「僕の……、出生時のこと？」

賢太郎は遥香の突然の問いに少し戸惑った。やはり遥香はどこの馬の骨ともわからない自分の出生が気になっているのだろう。それは仕方のないことだ。やはり自分のようなものが遥香と結婚することなど夢のまた夢、自分から密かに身を引いたほうが良いのだろうか？　そうしたら遥香はお腹の子を堕ろして新しい人生を歩むのかもしれない、そうも思った。そんな賢太郎の悲しそうな表情を遥香は見逃さなかった。

「賢太郎。勘違いしないで」

遥香は正直に自分の気になっていることを話した。

「あなたと私、ＤＮＡが一致したの。つまり、血縁関係があるかもしれないの」

賢太郎には何が何だか理解ができなかった。ＤＮＡ解析がどうのこうの、それで遥香と自分がもしかしたら血のつながりがあるかもしれないなどと言われても、到底受け入れることなどできなかった。

改めて自分の出生について思い出そうとしたが、正直何も覚えていない。気がついたら自分は小菅の施設で生きていた。いや生かされていた。施設の、いや社会の片隅のまたその片隅で、小さく小さく生きていた。誰からも愛されることなくそして誰を愛することもなく、ただ小さく目立たないように生きていた。遠い記憶の彼方に母親と思しき女に、それはつらい目に遭わされたようにも思うが、はっきりとは思い出せない。それは本能的にその記憶から逃げようとしているのかもしれない。

賢太郎の母親は当時、竹ノ塚の場末にあったスナックでホステスをしていた。とっかえひっかえ男を替えるようなあばずれ女である。当然、賢太郎の父親が誰であるかなど知る由もなかった。そんな彼女がなぜ賢太郎を出産したのか？　そして生まれてきたその子に対してなぜ虐待を繰り返したのか？　場末の女にありがちな子育てが面倒になったからだけなのか？　何もかもが霧の中だった。

その後母親の消息はまったく不明であったが、施設の方の話ではその後も荒んだ生活をして、酒浸りの自堕落な生活を続けていたらしい。賢太郎には名前すら知らされていなかった。

「僕、自分の出生のこと、調べてみるよ」

遥香一人にこれ以上つらい思いをさせることなどできはしない。男として、そして遥香のパートナーとしてこれからは何があっても二人で乗り越えていく。賢太郎の中にそれまでの人生では決してなかった熱いものが沸々と湧き上がってくるのを自覚した。

その日から賢太郎は精力的に動き、一月末の冬の日、久しぶりにその施設を訪れた。施設を出てから十数年が経っていた。以前あんなに大きく立派に見えた門扉は今の賢太郎には古びた小さなそれでしかなかった。

入り口を入ると靴箱が並んでいる。賢太郎は自分の靴をよく年上の子たちに隠され、いつも泣いていたような気がする。玄関は隙間風が吹き込み相変わらず寒かった。何も懐かしさはなく、そして何もかも懐かしかった。しかし、ここで楽しかった思い出はない。ただ時間だけがむなしく過ぎていっただけだ。

受付の小さな窓を覗くが中には誰もいない。賢太郎は裏庭にまわってみた。数人の小さな子がお花の手入れをしていた。一瞬、昔の自分がその中に紛れているような錯覚を覚えたが、その中心に年老いた園長が春に咲くであろう花の種を蒔いているのを見つけた。

「先生……」

賢太郎は後ろからそっと声をかけた。振り返った園長はすっかり年老い、頭は白髪だらけで顔には深い皺が刻まれていた。

「以前、こちらでお世話になった菊池賢太郎です」

園長は一瞬戸惑った様子だったが、すぐに昔の優しい笑みを浮かべた。

「ああ、賢太郎君！」

そう言うと首から下げていたタオルで手を拭き、賢太郎の手を握った。その手は皺くちゃだったが、それでも昔と変わらず温かかった。

「元気だった？」

事務室に案内された賢太郎は少し緊張していた。昔から園長の前に座るといつも緊張していた。それは今も変わらない。園長は三年前に脳梗塞を患い、右足が少し不自由になっていた。

「今はどうしてるの？　結婚はしたの？」

園長は無遠慮に聞いてくる。もちろん賢太郎のことを心配して老婆心からあれこれ尋ねてくるのだが、賢太郎には少し負担だった。賢太郎は自分の境遇については曖昧に返事をした。今の自分は決して人様に自慢できるような境遇ではない。売れない三文風俗小説家のはしくれ。それにもかかわらず高嶺の花との間に子どもをつくってしまい、今それで一人の女性の人生を狂わせようとしている。

賢太郎は本題に入った。

「あの……、先生」

「何？　そんな深刻な顔をして……」

園長は賢太郎の思いつめた顔を見てそう言った。

「あの……。実は僕の母親のことなんですが……」

と、ここに来た理由を告げた。先生の話では賢太郎がこの施設に来たとき、母親はすでに警察に逮捕されていたようだ。二年の懲役刑ということであったが、出所後その母親を含め、賢太郎の身内が会いに来たことは一度もなく、まったくの音信不通ということだった。

「そうですか……」

ここには何の手掛かりもないようだ。そう思うと賢太郎には次の手掛かりが思いつかなかった。

「賢太郎君、お母さんのことを探しているの？」

「いや、ちょっと事情があって、自分がどういう出生なのか調べています」

「お母さんに会ってどうするの？」

賢太郎は事の詳細を正直に園長に話した。

「そう。賢太郎君、いろいろ大変ね。本当はいろいろ手続きが必要なんだけど、賢太郎君ももう大人だし。それなら……」

そう言うと先生は古いアルバムと何か古く変色した封筒を持ってきた。

「これはね、賢太郎君に関する当時の資料なのよ」

驚いたことに賢太郎がこの施設に引き取られたときの古い資料が丁寧に封筒に入れられたまま保存されていた。

「これがあなたのお母さんよ」

その資料の中に一枚だけ写真が入っていた。そこには赤ん坊の賢太郎を抱いた一人の女が写っていた。今の賢太郎くらいの年だろうか、ずいぶん若いと思った。そして予想外に優しい顔をしていた。どこの男との子だかわからない自分を産み、あげくに虐待をして捨てた憎い母、のはずであったがその写真に写っている女はやはり母親の顔をしていた。

そのあと、彼女にそして自分にいったい何が起こったのだろうか？　先生の話では幼児虐待の罪で服役後、一度だけ園に電話をかけてきたことがあったらしい。そのとき、母は中野のスナックで働いているから賢太郎を引き取りたいと申し出たが、それまでの虐待の経緯などから児童相談所、警察とも相談し、引き取りは許可されず、それ以降は連絡がプッツリなくなったとのことであった。

「何か困ったことがあったりつらいことがあったら、いつでも帰っておいでなさい。ここは賢太郎君のおうちなんだから」

園長は別れ際にそう言ってくれた。その温かい言葉に包まれ、賢太郎は久しぶりに涙した。そして丁重にお礼を言って施設をあとにした。

賢太郎は翌週、中野のそのスナックを訪ねることにした。ずいぶん道に迷ったあげく、賢太郎はようやくその店にたどり着いた。店は小便臭い路地裏にある場末の店だった。表の看板は酔っ払いが蹴ったのであろうか、角が割れ、中の蛍光灯が見えている。「来夢来人」というその名前がいかにも昭和っぽく、母がこんな店で働いていたのかと思うとやるせない思いと、何だか彼女にお似合いだという意地悪な思いが交錯した。そして何より今もその店が残っていることが驚きだった。

　ホステス募集の張り紙がしてある古い扉を開けると中から声がした。

「まだ開店前だよ」

　酒焼けしたその声は相応の年を取った女のそれだった。奥で新聞を広げていた白髪交じりのその女はぬっと顔をこちらに向けた。

「あ、あの……。そうじゃなくて……」

　賢太郎はそのあばずれた表情に気圧されそうになりながらそう答えた。

「あの……、以前ここで働いていた菊池由紀子って女性のことで……」

　そうおずおずと切り出した。

「菊池由紀子？　そんな女はいやしないよ」

　女は吐き捨てるようにそう言った。しかし賢太郎はここで帰るわけにはいかなかった。母の所在を確かめる伝手はもうここにしか残されていない。

「ちょっとこの写真を見てもらえますか？」

　賢太郎は園長からもらった母の写真を取り出した。女は煙草をくわえたまま面倒くさそうにその写真を手に取ってしばらく眺めていた。

「これ……、あけみちゃんじゃない？」

　女は意外な名前を口にした。あけみ？　それが母のここでの源氏名だったのだろうか？

「あけみ、さんですか？」

「ああ、そうだよ。もう十年以上前になるかしら。いい娘だったんだけど」

女はそれでも懐かしそうにそう続けた。

「それで、あんた。なんであけみちゃんのことを聞くんだい？」

賢太郎はその女性が自分の母親であること、そしてその行方を捜していることを正直に告げた。さすがに女は驚いていた。

「へえ～、あんたがあけみちゃんの息子だとはね。驚いたもんだ。そう言えば、あけみちゃん、以前子どもを産んだことがあるようなことを言っていたね。私もこんなところだから詳しくは聞かなかったけど、そのときのあけみちゃん、妙に悲しそうな顔をしていたことは覚えているわ」

「それで……、今母はどこに？」

一瞬の間があって女は言いにくそうにこう続けた。

「あけみちゃんは、亡くなったよ」

賢太郎は打ちのめされたような気がした。女は奥から数枚の写真を持ってきた。

「これが当時のあけみちゃん」

母は屈託なく笑っていた。店の客だろうか、誰か知らない男と肩を組んでカラオケを歌っている写真もあった。もしかしたらこの中に自分が捜している父がいるのだろうか？　そんなことを考えているといろんな思いが交錯して混乱し、彼は気分が悪くなりその場にうずくまってしまった。

「ちょっと、あんた、大丈夫かい？」

女は慌てて賢太郎を支えた。そして奥に一つだけあるボックス席で彼を休ませた。ここ数日、いろんなことが急に展開して賢太郎は精神的に追い込まれていた。遥香のために一刻も早く事実を明らかにしないといけないという思いと、次第に明らかになる母の生涯に翻弄され、疲労困憊していた。女の話では母はやはり酒の飲み過ぎで肝臓をやられ、食道静脈瘤の破裂で血を吐いて十年前に亡くなったとのことであった。あっけない最期だったようだ。

母はいったいどんな思いでこの世を去ったのであろう？　自分のことを少しでも、そうほんの少しでも気にかけてくれていたのだろうか？　それともすっかり忘れてしまっていたのだろうか？　今となっては知るすべもない。賢太郎は低く嗚咽を漏らした。女はそんな賢太郎を不憫に思ったのだろう。背中をそっとさすってくれた。そして温かいほうじ茶を入れてくれた。

「あけみちゃん、ほうじ茶が好きでね」

その香りをかいだ瞬間、賢太郎は幼かった日がよみがえったような気がした。確かにその香りは脳裏のどこかに記憶されたそれだった。女は賢太郎が落ち着くまで背中をさすってくれていた。それはあたかも母親にさすられているようでもあった。

「すいません。何か取り乱して」

少し落ち着いた賢太郎はそう詫びた。

「いいんだよ。あんたも苦労したんだろう？」

そう言った女のまなざしは優しかった。

「それで、僕の父親のことなんですが……」

賢太郎は最も知りたかったことを尋ねた。しかし女はそのことについてはまったく知らないとしか言わなかった。ただ当時母と仲のよかった別のホステスなら何か知っているかもしれないと、その頃一緒に働いていた女性を紹介してくれた。賢太郎は丁重にお礼を言ってその店をあとにした。

賢太郎は翌日、さっそくその女性のもとを訪ねた。

「ママさんから話は聞いているよ」

五十も半ばを過ぎ、生活に疲れた感じの女であった。もし母が生きていたらやはりこのような姿だったのだろうか？

「あんたが、あけみちゃんの子か～。あたしも年を取るはずだわ。こんな大きな子がいるんだからね」

そう言うと女は大きな口をあけて笑った。

「あけみちゃんはね、なんだか誤解されて尻軽女のように言われていたけどね、決してそんな女じゃなかったんだよ。あるとき、客の一人がしつこく迫ってきてあげくに乱暴しようとしたときなんか、グラスでその馬鹿男の頭を殴ってけがさせて警察に連れていかれたこともあったくらいだからね。もちろんそのときはほら、なんていうの？　そう、正当防衛、とかで無罪放免になったけどね。あけみちゃんは好きでもない男と寝るような子じゃなかった」

そう言って煙草に火をつけた。母が世間で言われているような女でなかったことは賢太郎にとってやはり嬉しかった。

彼女はおもむろに変形したアルミの灰皿に煙草を押し付けるとおそらく自分の父親であろう一人の男の名を挙げた。

「ちょっと待ってな」

女は奥の小部屋に入ると小さなアルバムを持ってきた。そこには母とその女と、そして自分の父親と思われる男の三人が写った写真があった。どこかの海で撮られたらしいその写真の裏には写真を撮った人の名とともに「あけみ、きよし、マリ、三人の永遠の友情に」と記されていた。その昭和の匂いのする書き込みに賢太郎は苦笑した。それでもセピア色の写真の中のおそらく父と母であろう二人の若者は楽しそうだった。

その姿に賢太郎は自分と遥香を重ね合わしていた。

　当時の父と母も、今の自分たちのように相手を愛しみ、青春を謳歌していたのだろうか？　もしそうであれば賢太郎は少しだけ救われたような気がした。自分がどこの誰なのかということを幼いころからずっと思い悩み、心の奥底に忸怩たるものを抱え込んでいた。だから父と母が愛し合って自分が生まれたことを二人は喜んでくれたのではないかと無理にでも思い込もうとしていた。

「あの頃は楽しかったわ～。お金は今と同じくなかったけど、みんな若かったからね。海行ったり、キャンプ行ったり……。そう、これは確か茅ヶ崎だったかしら。あけみちゃん、このときクラゲに刺されて大変だったのよぅ」

　女は懐かしそうにそう言って笑った。どうやら三人は仲がよかったらしい。

「あけみちゃんはこの男、きよしとねんごろだったからね。ほかに男はいなかったし、あんたの父親はこのきよしだと思うわ」

「きよし」これが自分の父親の名前なのか？　賢太郎はその名前を何度も頭の中で叫んでいた。この男が自分の父親……。もちろん会ったこともなければ声を聴いたこともない。それでも賢太郎はその瞬間どこから か父の声がしたような不思議な感覚にとらわれた。

「いい男でしょ。そう言えば何となくあんたにも似ているわね。まあ当たり前か？　お父ちゃんなんだものね」

　そう言うと女は大きな口をあけて笑った。自分がこの男に似ている？　自分ではそうは思わなかったが、もしかしたらそうなのかもしれない。これまで親とは疎遠であったから、誰かに似ているなどと言われたことは一度もなかった。

「ただね、その男、妻子持ちだったのよ」

そうか、父親は妻子持ちで、母と浮気をしてできた子が自分なんだ……。衝撃ではあったがこの一週間余りいろんなことがあったので、何を聞いてももうあまり驚かなくなっている自分がいた。それでも父に家庭があったことはやはり賢太郎の心を少なからず傷つけた。自分は不倫の末に生まれた子であり、望まれてこの世に生を受けた存在ではなかったのだ。それでも母は自分を産んでくれた。そこにはいささかでも自分に対する愛はあったのだろうか？　それとも現実的に堕胎できなくなって仕方なく産んだのだろうか？　母は結果的に自分が邪魔になって捨てたのだからおそらくはそうだったのだろう。やはり自分はそういう存在なのだと賢太郎は自嘲した。これまでずっとそう思い続けてきたはずなのに、父と母の写真を見ていささかでも自分は望まれて生まれたのではないかという淡い期待を抱いた自分の愚かさにどこか他人事のようにあきれていた。そして何だか、自分にはお似合いの境遇のような気がした。

「だからね、まああんまり詮索しないほうがいいかもよ。この年になって昔の女のことであれこれもめるのはお互いに面倒なんじゃないの？」

女はそう言った。もちろん賢太郎にも事を荒立てる、そんな気は毛頭なかった。相手の家に乗り込んで、今さら文句を言うなど考えてもいなかったし、遥香との話で自分の出生についてその詳細がわかればただそれでよかったのだ。名前だけでもわかればそれでよいと思っていた。

「はい。これが当時のきよしの住所。でも今はもうそこにはいないでしょうね」

そう言うと女は住所を書いた紙きれを賢太郎に手渡した。賢太郎は深く頭を下げて家路に着いた。

第5章　霧中

遥香は自分の出生に関して母親と話をすることをこれまでは控えていたが、自分と賢太郎の間に血縁関係、それも姉と弟という関係が存在し、そしてその二人の間に新しい命が宿っていることが判明した今、もう躊躇している時間はなかった。一刻も早く自分の、そして賢太郎の出生に関し、正確な情報を得なくてはならない、その思いでいっぱいだった。

遥香は父に気づかれぬよう、母を、今自分が住んでいる部屋に呼び出した。

「遥香……。あなたって子は……」

久しぶりに我が娘の顔を見た母はそう言って泣き崩れた。しかし、遥香はひるまなかった。

「お母さん、今日はお母さんにどうしても確認したいことがあるの」

遥香は一気に事の次第を話した。母の顔は青ざめ、小さな肩を震わせた。

「お母さん、ねえ、いったいどういうことなの？　私がお父さんの本当の子じゃないことはもうわかっているの！　私は医者よ！　ＤＮＡ解析の結果がそれを証明しているんだから！」

母はじっと下を向いたまま黙っている。遥香も涙声でうまくしゃべれない。でも彼女は続けた。

「ねえ！　お母さん！　どういうことなの！　お母さんはお父さんを裏切ったの？　私の本当のお父さんはいったいどこの誰なの？」

母はそのまま嗚咽を漏らした。

「遥香、許してちょうだい……」

母は遥香がこの世に生を受けた経緯についてありのままを話した。遥香は母がほかの男と浮気でもして授かった子を父との子として産み、そして育てたものとばかり思っていた。母はこの時初めて「第三者の精子提供による不妊治療」について言及した。遥香は精子提供という言葉に何とも言えない戦慄と驚愕を覚え、身の毛がよだった。いったい母はどんな思いで父ではないほかの男の精子を自分の体内に受け入れたのだろうか？　そして父はそのことを知っていてどう思ったのだろうか？　自分の妻が自分以外の男の精子を受け入れ妊娠し、その子を産み、二人の子として育てていくことに嫌悪は感じなかったのだろうか？　父は私のことをどんな目で、どんな思いで見てきたのだろうか？　遥香は自分自身のことが何かとてつもなく汚らわしい存在のように感じていた。そして、どこの誰かもわからない精子を使ってこの世に生を受けたことに対し、にわかには理解も許容もできないでいた。一方、まだその精子提供という医療行為が世の中のコンセンサスを得ていなかった当時、半分非合法のような形で行われていたことに関しても一人の医師として大きな衝撃を受けていた。ましてや自分の父、いやこれまで父親だと思っていた男は医師である。その父がそのような医療行為を許したことも理解できなかった。そして何よりその精子提供を斡旋した医師が自分の母校の産婦人科学講座の医師であることも大きな衝撃だった。

「お母さん、わかったわ。もう帰って」

これ以上、この空間に母と二人でいることは遥香には到底耐えられなかった。母は突っ伏したまま号泣するばかりであったが、その母をいたわる余裕も今の遥香にはなかった。

「お願い！　帰って！」

そう言うと遥香は母の腕をつかんで玄関に向かわせた。自分でもひどいことをしているのはわかっていた。でもそうするしかなかった。そうしないと自分がおかしくなってしまうような気がした。

「でもね遥香、私たちは、どうしても、どうしても子どもが欲しかったの……」

母は追い出され鍵をかけられたドアの向こうでそう言ってまた泣き崩れた。

遥香はもう涙すら出なかった。何もかも許せなかった。父も母も、精子提供を斡旋した医師も、精子を金のために提供した男も、自分の母校も。何より自分の存在が許せなかった。私はこの世に生を受けるべきではなかった存在なのだという思いが頭の中を巡って離れなかった。


晴彦と恵子は結婚して三年の月日がたっても子宝に恵まれなかった。高倉の両親からは恵子の側に原因があるかのように、ことあるごとに嫌味を言われた。彼女は一人でいろんな病院を巡り、不妊治療を受けた。先代から開業医をしている高倉家にとって、跡取りを産むことは嫁として当然のそして絶対的な義務であった。しかし、五年目に入っても妊娠の兆候は見られなかった。

「恵子さん、あなた、本当にどうしたのかしらね」

姑の芙美子は最近では無遠慮に子どものできない嫁のことを蔑んだ。

「うちに嫁に来て、跡取りを産めないなんて……。本当に困ったこと。うちはね、あなたも知っている通り、御典医の家柄で代々医者の家系なのよ。だから私の息子の代でそれを途切れさせることなんて絶対にあってはならないの。それは私の責任でもあるの。だから息子の嫁にはしっかり跡継ぎを産んでもらわないと困るのよ！」

それがいかに理不尽なことであるか芙美子も重々わかっていることではあった。それでも高倉家にとって、姑である芙美子にとって、跡取りを設けてこの家を継いでもらうことは絶対に必要なことであった。

　恵子はいっそ離婚して、家を出ようとも思った。その後もいくつかの産婦人科を受診したが、いずれの施設でも恵子の側に不妊の原因はないとの診断であった。当時、不妊は女性側に原因があるものと決めつけられており、相手の男性が不妊の原因を疑われ診察を受けることはまだまれな時代であった。しかしここまで来ると晴彦の側に原因がある可能性が高い。

　恵子は遠慮がちに夫に話を切り出した。晴彦は明らかに不愉快な表情を隠さなかった。

「なんだ君は！　子どもができない原因が私にあるというのか！」

　そう言うと彼はドアを乱暴に閉め、二世帯住宅のリビングを出て行った。ただ、晴彦自身も心の奥で自分に不妊の原因があるのではないかと危惧していた。医師であり、不妊の原因の30～50％が男性側にあるとの知識があったからである。しかし不妊の原因が自分にあることをどうしても認めることができず、検査を先延ばしにしていた。だが、妻も妊孕期を過ぎようとしており、精神的にも時間的にも追い詰められてきていたので、晴彦は仕方なく恥を忍んで大学時代の友人である産婦人科医に内々に相談することにした。

「高倉、久しぶりだな。元気にしているか？」

　都立大久保病院の産婦人科の副部長をしている伊藤は相変わらず声がでかい。

「ああ、親父と一緒にしがない開業医をやっているよ」

　晴彦は自嘲気味にそう答えた。都立の第一線の病院で医師としてあるべき充実した生活を送っている伊藤に比べ、自分は早々に父親の経営するクリニックに副院長として戻り、現在は院長として医療というよりは金儲けのための医業に徹している。

「んで、話は電話でだいたい聞いたけど……」

ここから伊藤は学生時代の友達の顔から不妊治療専門の産婦人科医としての顔に変わった。優秀さを頼って選んだものの、晴彦は知り合いの病院に来たことを後悔した。問診において性交の回数、内容、その他極めてプライベートなことを事細かに話さなくてはならない。不妊治療の診察なのだから当たり前であることはわかっているのだが、自分の性生活を同級生に話さなければならない自分の身の上を呪わざるを得なかった。

伊藤は不妊症について詳しく説明してくれた。WHOの不妊症原因調査では男性のみ24%、女性のみ41%、男女とも24%、原因不明11%と報告されている。つまり男性側にその原因があるものは半数近くに上り、決して男性側に原因があるものは少なくない。

男性不妊の原因としては乏精子症、精子無力症、無精子症といった精液の異常や精索静脈瘤、精路閉塞、染色体異常、射精障害、性腺発育不全など様々だが、原因不明も多い。検査は詳細な問診のほか、ホルモン検査、抗精子抗体、染色体検査のための採血、尿検査、精液検査、超音波検査を行うとのことだった。

その日、晴彦は問診のみの診察を受け、五日後に精液検査の予約を取ってその日は終了した。短時間の診察だったが、晴彦はひどく疲れ、重い足取りで帰途に着いた。

「おかえりなさい」

最近会話を交わすことも少なかった恵子は遠慮がちに夫を迎えた。晴彦はそれには答えず不機嫌に自分の書斎にこもった。正直、妻の顔をまともに見ることができないほど動揺していたのかもしれない。

五日後、晴彦は再度都立大久保病院を訪れた。その日は伊藤の診察はなく、そのまま別室に案内された。そこは採精室であった。自宅での採精では時間の経過、温度の変化、紫外線の影響などにより正確な成績が得られないこともあり、この病院では施設内採精が行われている。精液検査の四日前にマスターベーションあるいは性交での射精が義務付けられ、その後三日間の禁欲生活を経て、病院での採精が行われる。当日はこの専用の採精室で精液を採取し、採取後三十分から一時間の間に検査が行われる。無論、この採精室は個室であり、リラックスできるようリクライニングソファが、そして性的刺激としてエロビデオやエロ雑誌が用意されている。

「この専用容器に精液を全量取っていただき、お名前と採取時刻をこちらのマジックで記載してください」

ここの担当看護師が男性だったことが晴彦にとっては唯一の救いだった。その看護師はビデオデッキのスイッチを入れ、照明を薄暗く落とした。

「終わりましたら、こちらのボタンを押してお知らせください」

そう言うと彼は部屋から出ていった。何だか今から自分がここでマスターベーションをするセッティングのすべてをこの男に仕切られているようで、気恥ずかしいような嫌悪感を抱き、今度は逆にこの看護師が男性であることを恨めしく思った。

晴彦は数本のビデオの中から適当なものをデッキに用意した。採精容器とティッシュペーパーを手元に置いて、ズボンと下着を下した。

晴彦はビデオを見ながら五分ほど自分の陰茎をしごいたが、なかなか勃起しなかった。それでもここで射精しないわけにはいかない。今日はそのために、そのためだけにこの部屋にいるのだから。

晴彦はビデオを数本替え、マスターベーションを続けた。そして三十分後、容器に自分の精液を採取し、先ほどの看護師に手渡した。出したばかりの精液を他人に、それもほかの男に見られることの気味悪さと恥ずかしさを隠しつつ、晴彦は努めて冷静を装って看護師にそれを手渡した。その時間が長かったのか短かったのか、晴彦には知る由もなかったが、そこには今出したばかりの精液と羞恥心しか残っていなかった。彼は逃げるように病院をあとにした。

一週間後、伊藤から精液検査の結果が出たとの連絡を受け、晴彦は検査結果を聞くために受診した。

「高倉、検査結果だが……」

伊藤から告げられたその結果は残酷なものであった。彼は自身が無精子症であることをこのとき初めて知ったのである。

「それでな、ちょっと追加の検査をして今後の治療方針を決めさせてもらおうと思う」

伊藤は晴彦の目を見てそう言った。

「あ、ああ。よろしく頼むよ」

晴彦は内心の動揺をひた隠しにしようとしたが、額にはじっとりと汗をかいていた。その日のうちに血液検査、尿検査が行われた。血液検査では通常の生化学的検査に加え、ホルモン検査、抗精子抗体、染色体検査も追加された。脳下垂体から分泌されるFSH（卵胞刺激ホルモン）、LH（黄体形成ホルモン）、精巣から分泌されるテストステロン値を測定する。テストステロン値が低い場合、精巣での精子形成が低下している場合がある。抗精子抗体があると精子の運動率が悪くなることが報告されている。精子濃度、精巣容積が低下した症例では染色体異常が多く検出されている。

さらに一週間後、超音波検査と精液検査が予約されていた。まず晴彦は泌尿器科の外来に案内された。伊藤からの紹介で泌尿器科部長が診察を担当した。

「それでは高倉さん、診察しますのでズボンと下着を脱いでこちらに横になってください」

年嵩の看護師が診察台に促した。女性が内診をされる際、この上ない屈辱感を受けると言うが、男性の場合も同じだ。理由はともかくいい年をして下半身を露出しなくてはならない状況は何とも言えないものだった。

　診察台の右側に座った部長によって晴彦の睾丸など外陰部の診察、精巣サイズの測定、精索静脈瘤の有無が触診で行われた。診察は二十分程度で終わったが、晴彦にとっては何時間にも感じられた。医師とはいえ初対面の男性に自分の性器を触られることの嫌悪感と屈辱はやはり耐え難いものだった。

　続いてエコー検査が行われる。やはり下半身を露出したまま、陰嚢に温められたゼリーが塗られ、エコープローブを当てられると、このような場でありながら何とも卑猥な感覚に襲われた。

　五日後、すべての検査結果が出揃った。晴彦は無精子症であることが明らかになった。

「高倉……。残念な結果だったな」

　伊藤はそう慰めた。

「いや、いろいろありがとう。残念だけど、まあこれで少しすっきりしたよ」

　晴彦はそう強がりを言うしかなかった。しかし、頭の中は真っ白になっていた。自分が無精子症であるなど思ってもみなかった。もう跡取りを設けることは絶対にかなわないことが明らかになった。自分は何のためにこの世にいるのだろう、何か悪いことでもしたのだろうか？　自分の運命を呪い、世の中のすべてを憎らしく思い、こんな自分をつくった神をも呪った。

「おい、大丈夫か？」

　伊藤に声をかけられて、晴彦は我に返った。

「なあ、高倉、おまえ、親戚に養子縁組できるような子どもはいないのか？」

　伊藤はここからは担当医というより旧友として話し始めた。

「養子縁組……」

晴彦には思ってもみない言葉だった。

「いや、どうだろう……。これまでそんなこと考えたこともなかったからな」

実際、晴彦も恵子も養子縁組などまったく頭になかった。もし養子を取るということになれば当然、高倉の親族からということになるが、晴彦自身一人息子であり、甥や姪はいない。父親や母親の親族も比較的兄弟姉妹が少ない家系であり、思い当たるような子はいなかった。

これまで代々続いた開業医の跡取り息子として何不自由なく安穏と過ごしてきた晴彦にとっては人生初めての大きな試練であった。困ったときにはいつも父や母やその関係者があれこれ助けてくれた。そして自分の思いがかなわなかったことなど一度もなく、大きな挫折を味わったことも皆無であった。

両親に正直に話して、伊藤が言っていたような養子縁組を相談してみるかとも思ったが、自分が治療不可能な無精子症だと告白する勇気が持てなかった。それは男としてのプライドを根底からズタズタにするものであり、また何より両親の絶望する顔が目に浮かんだからだ。晴彦は到底そんなことはできないと思った。

家族の誰に相談することもかなわず、自分だけで解決しなくてはならない。しかしこれは夫婦の問題でもあり、少なくとも恵子とは話をしないわけにはいかないのだが、これまで不妊の原因がすべて恵子にあるかのように責めていた晴彦にはそれも到底無理だった。

病院からそのまま家に帰る気にはならず、行きつけの銀座のバーに顔を出した。

「あら～、先生。お久しぶり」

その店のホステスの瑠美とは浅からぬ関係にあった。妻に不満があったわけではないが、子どもができなかったこともあり、ついつい火遊びをしてしまったというのが正直なところだろうか。彼女を特別気に入ったわけではないが、数年前からときどき体の関係を持つようになっていた。当然それはセーファーセックスでありもちろん妊娠することはなかった。瑠美のほうはあわよくば開業医の妻の座の後釜にという思いがないでもなく、ゴムに小細工をしたこともあったが、彼女が妊娠することはなかった。今となれば当然のことである。

ここ最近はそういう関係もなく、店からも遠ざかっていたが、この夜は久しぶりの訪問であった。キープしていたヘネシーは残りが少なく、晴彦は新しいボトルを入れた。この先、この店に来ることがあるのだろうか、そんな気分になることがあるのだろうか？　今の自分には何も考えられず、その晩はどれだけ飲んでも酔えなかった。どれだけ飲んでも頭の中を巡るのは今日の検査結果のことであり、家族の失望した顔であり、自分の代でこれまで続いてきたクリニックも終わりを迎えることになることへの絶望であった。

そして、妻に一方的に責任を押し付けていたことを後悔した。妻は何と言うだろうか？　私や義父母にされた仕打ちを恨みがましく口にするだろうか？　もしかしたら離婚を切り出されるかもしれない。何より自分の男としてのプライドを根底から否定されたような気がして、彼は自分の感情をどうコントロールしたらよいのかまったくわからなかった。自分は比較的温厚なほうで、また冷静な性格だと思っていたが、いざこのような事態に陥ると、小心な自分に呆れ、どうしてよいか何も頭に浮かばなかった。

迎えのタクシーの中で運転手が何か話しかけたような気がしたが、返事をする気にもなれず、車内は冷めた雰囲気のまま車は白金に向かった。

「恵子、ちょっと話があるんだ」

晴彦はためらいがちに妻に声をかけた。両親は午後から歌舞伎を観に出かけていて留守にしており、家には二人だけだった。

「あ、はい……」

いつもと様子が違う晴彦の態度をいぶかしく思いながら恵子は食洗器のスイッチを入れた。

「どうかされたんですか?」

自分たちのリビングのソファに腰を掛けた。

「恵子、すまなかった……」

晴彦は深く頭を下げた。

「あ、あなた。どうなさったんですか? そんな……」

ここしばらく冷え切った関係でいた夫が突然、頭を下げて謝るなど、恵子にとっては理解できなかった。

もしかしたら自分に子どもができないから離婚を切り出されるのかもしれない。そんな思いも一瞬脳裏をよぎった。それはそれでもう仕方のないことなのかもしれないと漠然と思っていたし、その覚悟もできていた。

「あの……。私に子どもができないから別れてくれってことなら、私も覚悟はできています」

恵子は顔を上げずにそう言った。ここ数ヵ月彼女自身そのことについていろいろ考えたあげくの絞り出すような返事であった。

「いや、そうじゃないんだ……」

二人の間に沈黙が流れた。

「不妊の原因なんだが……」

晴彦は意を決して続けた。

「実は私に原因があるようなんだ」

「えっ？　それはどういう……」

恵子はにわかには理解できなかった。当時不妊と言えば女性側に原因があるというのが通例であり、男性側にその原因があると言われても、医者でもない彼女には何もわからなかった。

晴彦は先日来の検査の結果について詳細に説明した。恵子は自分のせいでなかったことにどこかしら安堵していた。これまで姑から受けた理不尽な中傷には一矢報いてやりたい衝動にかられたが、今、目の前で夫が頭を下げている。離婚まで視野に入れていた自分には少しだけ小気味良い感じはしたが、それでもこれまで一緒に苦楽をともにしてきたこの夫が、こんなに小さく悲しそうな顔をしているのを見るとやはり妻としてはこのままというわけにはいかなかった。

何より、彼女自身もやはり子どもが欲しかった。誰の責任ということではなく、何とか二人の間に子どもを設けるすべを二人で考えなくてはならないと思った。

「わかりました」

恵子はそう小さく頷いた。

「こんな種無し男には愛想が尽きたか……。母も意地悪だったしな」

晴彦はあきらめ顔でそう言った。自分に責任がある以上、これ以上自分と結婚生活を続けることは彼女から子どもを持つという女性にとっての最大の幸せを奪うことになる。それに彼女も三十代半ばとなり、あまり時間は残されていない。

「もし離婚したいというのなら、それも仕方ないな」

晴彦は初めて妻の前で離婚という言葉を口にした。その声はやはり小さく震えていたが、何とかそれを悟られまいと窓の外を向くふりをした。

「あなた……。わかっています。つらいのはあなたも同じ。何とか二人で乗り越えていきましょう。私だって正直、これまでいろんなプレッシャーの中でもう死にたいほど悩んできました。でもあなたも私も、跡継ぎとかそういうことだけじゃなくて子どもを授かりたいっていう気持ちは同じでしょ。もう一人だけで悩むのはやめましょう。私たち……、私たち夫婦なんだから」

そう言うと恵子は涙をこらえることができなかった。これまで子どもを授からないのは自分のせいだと何年も苦しんできた。周りからプレッシャーをかけられ、姑だけではなく、実家の両親にまで心配をかけ、肩身の狭い思いをさせてきた。今、主人も同じ思いをしているに違いない。彼にはそんな思いをして欲しくない。好きで一緒になった彼だ。これまでもいろんなことを乗り越えてきた。これからもきっと二人で乗り越えていける。彼女の中にこれまでなかった何か熱く強いものが沸々と湧き上がってくるのを感じていた。

私たちは二人で生きていく。そのためには何でもする。仮に子どもを授からなくてもそれは仕方がない。姑から跡継ぎがどうのこうの言われようと、もうひるまない。でも二人で何とか方法を探ろう。自分に責任がないとわかったから、こんなふうに考えが変わったのか。人間とはかくも身勝手で愚かで自己中心的な存在なのか？　いろんな思いが恵子の頭の中を巡ったが、ただ一つ、今この人を放り出して逃げ出すことだけはできないと感じていた。

晴彦は両親には内緒で、引き続き都立大久保病院に通院し、何とか残された一縷の望みにかけていた。通院には恵子も付き添い、二人でいろんな話をした。

「高倉、明慶大学の産婦人科の先生がちょっと新しい研究をしているって耳にしたことがあるんだけど……。もし興味があったらどう、かな？」

伊藤は少しためらいがちにそうアドバイスした。

「新しい研究？」

二人は藁にもすがる思いでそう問い直した。

「あ、ああ。まあ俺も詳しいことはちょっと説明しきれないから、直接受診して話を聞いてみたらどうかな？」

歯切れの悪いその発言に、晴彦はいささかの不安を覚えたが、恵子は十分乗り気だった。

二人が紹介された大学病院の医師に問い合わせをしたところ、外勤先の病院へ来て欲しいとの返事をもらった。大学勤務の医師がなぜ大学ではなく、外勤先なのだろうか、といぶかしく思ったが、とりあえず話を聞くことにした。

その外勤先の病院は新大久保にある八十床ほどの民間病院だった。医師会名簿で確認したところ、内科、外科、リハビリテーション科、産婦人科、小児科を標榜していた。歌舞伎町と隣り合わせのあまり柄の良くない地区にあるその病院は、どことなく陰鬱な感じのする建物だった。

「ここかしら……」

恵子は少しさびれた感じの入り口の奥を不安そうに覗き込んでいた。

「ああ、そのようだ」

晴彦もいぶかしさを感じながらも入り口に向かった。蔦の絡まるその建物は古くからその地にあることを意味していた。「新大久保記念病院」、入り口まで来て初めてその看板が見えた。いったい何を記念した病院だろう？　晴彦は見当違いの考えをふと頭によぎらせながら一昔前の自動ドアの入り口を入った。受付のカウンターに事務員と思しき中年の太った女が不愛想に座っていた。

「あの〜、産婦人科の佐々木先生に二時の予約をお願いしている高倉ですが……」

晴彦は二人分の保険証を出してその女に告げた。女はずり下がった眼鏡の隙間からジロリと二人を一瞥すると、産婦人科の外来を案内した。

外来棟の一番奥にある産婦人科には晴彦と恵子のほかに誰もいなかった。待合室で十五分ほど待つと中から化粧の濃い風俗勤め風の女が出てきた。おそらく客から悪い病気でももらったのだろうと晴彦は少し意地悪な想像をした。場所柄、そんな患者も多いのだろう。自分の経営する白金のクリニックの患者とは明らかに客層が違う。その女は自分とは明らかに雰囲気の違う二人を睥睨するとプイと踵を返し受付のほうへ向かっていった。

「高倉さん。どうぞ」

中から年嵩の看護師が声をかける。診察室に入ると三十代半ばくらいの痩せぎすの男の医師が座っていた。

「高倉さんですね。都立大久保病院の伊藤先生から紹介をいただいております」

その佐々木という産婦人科医は伊藤からの紹介状に目を通しながらそう言った。

佐々木は看護師に席を外すよう告げると、問診に入った。ここでも夫婦間の性生活諸々について事細かに質問された。都立大久保病院では自分だけだったが、今回は妻も一緒だ。恵子は恥ずかしさからずっとうつ向いたままで顔を上げることすらできなかった。初回受診日の今日は詳しい問診と今後の治療の進め方についての説明が主であった。

一週間後に晴彦、恵子ともに詳しい検査を受けた。晴彦は都立大久保病院で受けたのと同じような検査をまた受けさせられた。紹介状にも前回の検査結果は記載されているはずだが、佐々木は当院での検査結果が必要だと検査を強要した。おそらく売り上げのためだろうと開業医である晴彦は直感したが、従うしかなかった。

恵子も同様にこれまで受けてきたさまざまな検査を三週間にわたり再び繰り返して行われた。女性の場合、月経周期と合わせた検査計画が必須であり、その分男性より時間がかかる。採血による各種ホルモンの測定も行われた。

二回目の受診時には子宮卵管造影検査が行われ、三回目は恵子一人の受診となった。この日は経腟超音波検査、頸管粘液検査、フーナーテストである。フーナーテストとは性交後試験とも言われ、排卵期で頸管粘液が増量している状態のときに性交し、精子が子宮内に侵入しているかを確認するものであり、何とも屈辱的な検査である。夫と性交した後の子宮を他人、それもほかの男に覗かれるなど女性としては身の毛もよだつことだった。

その他、保険適用外の検査もあり、思いのほか費用も掛かってしまうが、そんなことは言っていられない。これまでいったいいくら、お金を費やしてきたのだろう。見知らぬ男に膣を覗かれながら、恵子はぼんやりとそんなことを考えていた。

病院からの帰り道、恵子は何となくそのまま家に帰る気にはなれず、久しぶりに南青山の馴染みのブティックを覗いていた。

「高倉様、お久しぶりでございます～！」

奥から店のオーナーの女性がいつもの甲高い声で大仰に挨拶をしながら現れた。

「ええ、ご無沙汰してるわね」

恵子は曖昧に返事をした。

「奥様、春物の素晴らしいワンピースが入っておりますのよ。きっと奥様にお似合いだと思いますわ～」

オーナーは店員の女の子に新作を二、三持ってこさせた。

「そうねえ、どれも素晴らしいわね」

「そうでございましょ！　こちらは……」

長々とした説明に辟易としながら、恵子の心はここになかった。

「奥様？」

ぼんやりとした恵子にオーナーはいささか戸惑った様子でそう声をかけた。

「あら、失礼。ちょっと急用を思い出したので今日はこれで失礼するわ」

「え⁉　お、奥様？」

足早に店を出ていく恵子をオーナーは慌てて見送るしかなかった。

なんであんなお店に行ったのか？　恵子は後悔していた。気晴らしにと思ったのだが、押しつけがましい対応にイライラが募るばかりだった。それでもまっすぐ家に帰る気にはなれず、近くのカフェで温かいアールグレイを飲み、少しだけウィンドウショッピングをして、自宅に戻ったときにはもう五時を過ぎていた。

「おかえりなさいませ」

美佐江が声をかけた。

「あら、恵子さん、遅かったのね」

姑の芙美子がリビングから声をかけた。

「すみません」

恵子はおずおずと答えるしかなかった。

「美佐江さんがいてくれるから良いようなものの、晴彦さんの夕食はどうするつもりだったの？　本当にあなたっていう人は……。子どももできずにあちこち遊び歩くような嫁はうちにいらなくてよ！」

これまでのイライラが募っていた芙美子は激高した。

「大奥様！　落ち着いてください！」

美佐江がとりなしたが、恵子はそのまま家を飛び出していった。

「若奥様！」

美佐江が後を追おうとしたが、芙美子はそれを制した。

「放っておきなさい！」

そういうと憤懣やるかたない様子で二階にバタバタと上がっていった。騒ぎを聞きつけた晴彦が診察室から何事かと母屋に戻ってきた。

「母さん、なんてことを！」

晴彦はすぐさま家を飛び出した恵子の後を追った。

「あなた……、私、もう……」

恵子はそう言って泣き崩れた。不妊の原因が晴彦にあるにもかかわらず、ここまで理不尽な仕打ちを受ける言われはない。いっそ離婚も、と考えたが、実家の両親のことを考えるとそう簡単にもいかなかった。話し合いの末に、晴彦と恵子は本宅から出てしばらく両親とは別居することにした。

恵子の三回目の受診からさらに二週間が経ち、二人にこれまでの検査結果が告げられた。結果は同じだった。恵子には明らかな異常は認められず、晴彦の無精子症はここでも証明された。

ただ恵子も女性として適切な妊孕期を過ぎつつあり、妊娠するなら早いほうが望ましいとのことだった。時期がずれ込めばそれだけ流産やダウン症などの染色体異常のリスクは確実に高くなる。

二人に残された時間はあまりなかった。このままではこの夫婦の間に新しい命を授かることは絶望的だった。二人は明らかに落胆した。これまでの多くの時間と労力は完全に無駄になったのだ。二人はそれでも佐々木に丁重に礼を述べ、診察室を出ていこうとした。そのとき、佐々木が声をかけた。

「あの……、高倉さん。ちょっと内密にお話があるのですが……」

佐々木は声を潜めてそう言った。

第6章　暗闇

「先輩、九例目の件ですが」

明慶大学の産婦人科の医局で栗栖は声を潜めてそう言った。

「こんな場所でその話をするな！」

佐々木は慌てて辺りを窺いながらそう言った。

社会の体系は時代とともに大きく変化していく。これから先、日本でも女性が社会で活躍する機会が増し、初産の時期も高齢化していく。それに伴い不妊治療が産婦人科領域の一翼を担う時代は必ずやってくる。

今はがん治療が研究の花形だが、それはそれでブレイクスルーな研究成果が見いだされればその研究も当然頭打ちとなるであろう。これまでは感染症や性病が研究の主体であったが、今やそのような時代遅れの研究などごくわずかであり、どの医局でも隅に追いやられている現状が、このことを如実に証明している。

自分が医師、いや研究者として名を成すためにはその研究内容の選択は慎重にしなくてはならない。医学研究は一朝一夕に達成できるものではない。いったん始めたら何年もの長きにわたり、地道に努力を続けてそれでもその大半は不発に終わることが多いのが現実である。途中で研究内容を変更するなど到底できっこない。中には実験結果を捏造して論文投稿し、研究生命を絶たれるような愚か者も後を絶たない。

研究成果を焦る気持ちはわからないでもないが、自分はそのような愚かなことはしない。いつの日かこの大学で教授に成り上がり、日本の産婦人科学会を牛耳ってやる、そんな大望を佐々木は胸の奥に秘めていた。

そんな彼が手掛けている研究は体外受精による不妊治療だった。今の時代の不妊治療の大半は女性側の検査・治療が主体で、男性側の精査・治療はまだまだ不十分な現状であった。そこで男性側に焦点をあて、その方向による研究・調査を進め、精子提供による人工授精や体外受精へと至るのである。

その研究内容は先駆的であり、今後大きく飛躍していく分野であることは確かだった。しかし、その研究そのものはともかく、臨床応用には倫理的にも大きな問題をはらんでおり、どこの大学でもその対応には苦慮していた。佐々木にとってはどうでもよい倫理問題などに時間を取られていては肝心の不妊治療そのものが大きく立ち遅れてしまう。それなら面倒な問題は後回しにして、今はとにかく研究を進め、ほかの施設に差をつけておきたかったのだ。しかしそのためには相応の研究費が是が非でも必要だった。いくばくかの科研費や製薬会社からの寄付金はあったが、それは主任教授である田淵の采配するところであり、佐々木にまわってくる研究費は決して多くはなかった。佐々木は研究費を自分で都合するしかなく、精子提供による不妊治療（ＡＩＤ治療）を内密に行うことにしたのだった。その治療は、男性側にその原因がある夫婦に対し、夫以外の健康な男性から採取した精子を、妊娠可能と判断された女性に注入し、妊娠を試みるというものであった。当然夫から見れば自分のＤＮＡを受け継ぐものではなく、実子ではないのだが、それでもどうしても子どもが欲しい夫婦にはそのことを理解してもらった上で妻の側に他人の精子を供与するのだ。

彼はこうして裕福で不妊に悩む夫婦をターゲットにＡＩＤ治療を勧め、法外な対価を要求した。ＡＩＤ治療を公に行っている施設もあったが、素封家の夫婦の中にはその事実が何らかの形で残ることを嫌い、佐々木の所で密かに受けることを希望する者も少なくなかった。ただ、佐々木の在籍する明慶大学医学部の産婦人科学講座をまとめる田淵教授は日本産婦人科学会の倫理委員長を務め、ことのほか産婦人科領域における社会的倫理問題には厳しい人物であった。したがって明慶大学でこの治療を進めるわけには到底いかず、彼は外勤先の新大久保記念病院で事を進めることにしたのだった。

　ここの院長である前原は佐々木の遠縁にあたり、内々に話は通している。彼も自分の親戚が教授になり、自分の病院のためになるなら何の問題もない、そう考えていた。そして佐々木同様、彼にとっても倫理問題などまったく興味がなかった。内密に事を進めるにしても、病院にも一定の利益が上がり、将来的に不妊治療を病院の看板の一つにできるならそれに越したことはない。ただ、事が明るみになり、病院の評判に傷がつくことだけは厳に慎むよう釘を刺していた。おいしいところだけをいただく、それが院長としての前原の責任であり、そして経営者としての彼の才覚でもあった。

　こうして手に入れた金は新大久保記念病院を介して明慶大学産婦人科学講座に寄付された。もちろんその寄付金は佐々木の顕微授精に関する研究に限定したもので、当初、主任教授の田淵は使い道を制約される寄付金にあまり良い顔をしなかったが、医局にもいくばくかの寄付をすることでそれを容認した。新大久保記念病院の前原院長は30％の金を手数料として手に入れ、佐々木自身もその金の一部を私的に流用していた。

　その結果、佐々木はその寄付金を研究費に充てることで他施設に先んじて研究を進めることができた。彼の心の中に自省の念は微塵もなく、自分は子どもを切望する夫婦を助け、その金を研究費に充てることで世の中の不妊に悩む多くの人を救っているんだと納得した。と言うよりむしろ充実感すら感じていた。

　体外受精は一九七八年にイギリスで第一例が報告され、試験管ベビーとして世界中で大きな話題となった。日本では一九八三年に東北大学で国内最初の症例が報告されている。顕微授精は一九九二年ベルギーで初例が報告され、日本では一九九四年に第一例が報告されている。一九九〇年代、産婦人科領域ではこの体外顕微受精が研究のトピックスとなり、各大学、施設がしのぎを削っていた。

　系列の東島大学でも講師の井上が同じく顕微授精の研究を先行して行っていた。彼も密かに母校である明慶大学産婦人科学講座の次期教授のポストを狙っており、佐々木のライバルの一人でもあった。井上は佐々木より先行してこの分野の研究を始めており、相当な実績を上げていた。佐々木は何としても彼を超えなくてはならなかった。そして豊富な研究費をもとに着実に実績を上げ、井上を凌駕していった。

ＡＩＤ治療を一人で行うには物理的・時間的に制約が多く、佐々木は学生時代から弓道部の後輩であった栗栖に内密に声をかけた。彼もはじめは戸惑い、躊躇していたが、先輩の熱意と野望に押し切られる形で二人で治療を進めることになった。栗栖自身にも野望がなかったと言えば嘘になる。こうして二人は神の領域に土足で踏み込むことを決意したのだ。

こうして秘密裏に行われている不妊治療は、これまで九例の夫婦のうち六例で妊娠が達成されていた。無論妊娠可能な女性に対し、健康な精子を提供するわけであるから一定の頻度で繰り返し投与していれば、妊娠することは可能と考えられた。効果とは別の次元で、現時点での問題は二つあった。

一つ目はこの治療を受ける夫婦の選別だ。うまく妊娠できないからと言って、この研究のことをほかに漏らしたり公にされるようなことは絶対に回避しなくてはならない。それは彼自身の破滅を意味する。裕福な、そして決して口外しない、しっかりした家の人間であることは必須だ。絶対に信用でき、金持ちで、そして子どもを切望している、そういう夫婦だ。

二つ目は精子提供者の確保だ。内々に漏れ聞いたほかの大学の情報では、自大学の医学部の若くて健康な男子学生の中から精子提供者を募っているとのことであった。しかし、無論それは公にされたものではなく、その真偽は不明であった。いずれの施設においてもこの研究はまだ声高に討議されるようなものではなく、秘密のベールに包まれている。

一方、佐々木自身は自大学の男子学生の精子を使うことはできない。どこから秘密が漏れるか、慎重に立ち回らなければならないのである。佐々木は極めて限られた中から精子提供者を募るしかなかった。

一般的に精子提供者は、肝炎、ＡＩＤＳその他の性病等の感染症、血液型、精液検査を予め行い、感染症のないこと、精液所見が正常であることを確認することが必要である。また、自分の二親等以内の家族および自分自身に遺伝性疾患のないことを提供者の条件とする。その上で提供者になることに同意する旨の同意書に署名拇印し、提供者の登録を行うことになる。

しかし、佐々木のこの研究においては正規な手続きを踏む必要はない。ただ病気のない健康な精液が手に入ればそれで十分だった。あれこれ詮索されることは避けなくてはならない。知恵のない、健康でただ精力のあり余っている若い男。それが最も望ましいのである。

これまでの九例においては三人の精子提供者を使った。一人の男の精子は四例に提供され、あとの二人の精子をのこりの五例に提供した。成功裏に妊娠しえた六例のうち、四例は同じ男の精子を提供されていた。この男の精子は非常に成績が良かった。佐々木は高倉夫婦にもこの男の精子を使うことにした。より確実性が高いことが何より重要である。幸い血液型もマッチしていた。

同一の精子提供者を何件にも渡って使用すれば、生まれてくる子どもの父親が同じである割合が有意に高くなるが、そのことにさほど興味も関心もなかった。どうせ子ども同士が将来出会う機会など極めて低い確率であろうし、またそのことで何かトラブルが生じることなどまったく想定していなかった。今の彼にはとにかく成功率の高い妊娠までのストラテジーを確立することだった。

精子提供者である男は二十代半ばの肉体労働者だった。一八〇センチ近いがっちりした男であり、見るからに精力に満ち溢れている。もちろん遺伝病がないことは確認している。性病については毎回チェックする。やりたい盛りの男だ、風俗やたちの悪い女と関わることもあり得るだろう。ＨＩＶも含めて慎重に確認する。提供を受ける夫婦は佐々木が慎重に選別した、いずれも社会的地位の高い裕福な家庭の人たちばかりである。間違っても先天奇形や諸々の問題が発生するようなことがあってはならない。

男には精子提供の目的の詳細は伝えていない。ただ研究に使わせてもらうとだけ言って一回の提供で三万円の報酬を渡している。どうせ詳しいことを話したところで理解できるとも思えないし、詳細は知られないほうが良い。あれこれ詮索され、万が一恐喝でもされたら大変なことだし、その男にしてみればただ自慰行為をして三万円をもらえるこのバイトはとても割の良いものであった。

彼はエロビデオを見放題で、できるだけたくさんの精子を提供するよう要求されるが、元来精液量が多い彼にしてみれば数日間溜めて当日三、四発射精すればそれで十分な量を提供できるのだった。他言は厳禁と言われたが、こんなうまいバイトをほかの奴に紹介する気など毛頭なかった。

佐々木は高倉夫婦にこれまでの検査結果を説明し、このままでは二人の間に子どもを授かる可能性はないことを告げた。おおよそ予想はしていたものの、最後の頼みの綱も切れた思いで、二人の失望は想像をはるかに超えるものだった。二人ともじっと下を向いたまま、一言も発することができなかった。

しばしの沈黙のあと、佐々木はおもむろに残された唯一の方法として第三者による精子提供について切り出した。不妊に苦しむ夫婦をとことんまで追い込んで、この話を切り出すのが、彼の常套手段だった。始めからこの話をすると、信用されないことが多いのはこれまでの経験から学んでいた。もう、あなたたちに残された道はないのだ、と洗脳していくのである。深刻そうな表情で、それでいて医師としての有無を言わさぬ高飛車な物言いが功を奏することも熟知していた。

今回の夫婦、夫は医師ということであるが、今目の前に座っているこの男は種無しの哀れな役立たずに過ぎない。そう思うと、佐々木は内心湧き上がるような優越感と侮蔑の念を抑えることができなかった。

「それは……、私以外の男性の精子を、その……、妻の体内に注入するということでしょうか?」

しばしの沈黙の後、晴彦は絞り出すようにそう言った。

「そうです」

佐々木はいささかも表情を変えることなく、そう断言した。

「それで生まれてくる子どもは、私の子と言えるのでしょうか?」

晴彦は極めて当たり前のことを自分自身に確認するようにそう尋ねた。

「遺伝学的、にはあなたの子どもということではないでしょうね」

動じることなく佐々木はそう答えた。しかし、こう続けた。

「残念ながらあなたに遺伝学的な実子は持てません。でもあなたがこれまで愛してきた奥さんと一緒に、生まれてくる子どもを精いっぱいの愛情で包んで育てて差し上げれば、それはきっと、あなたの子どもと言っても差し支えないのではないでしょうか?　血縁がないからといって親子でないということは決してないのです。血がつながっていても自分の子どもを虐待したり捨てたりする親も少なからずいます。生まれてくる子にこの精子提供のことを細かに説明する必要も私はないと思っています。いわんやご両親や親戚や友人などにこのことを相談したり、許可を求めたりする必要などまったくありません。このことはあなた方ご夫婦の胸だけにしまっておけば良いのです。ただし、あなた方の責任において、ということになりますが」

この研究は佐々木の立身出世のためではあるが、それでもやはり医師として不妊に悩む夫婦の助けになればという思いを心の奥底に秘めているのも確かだった。

「それと……。この件に関しては決して他言しないことをお約束していただきます。それと費用のほうですが……」

佐々木から提示された金額は一千万円だった。これまで不妊治療に費やしてきた金額も相当なものであった。それに加えて今回のこの金額は決して小さなものではなかったが、高倉夫婦にとっては払えない金額ではない。二人にとって子どもを授かることが第一であるが、それと同時にもしこのような治療で子どもを授かったとしても、そのことが表沙汰になることだけは絶対に避けなければならない。そのためには多少の出費はやむを得まいとも思った。

「ところで、精子を提供する男性というのはいったいどういう方なんでしょうか？」

当然、一番気になる問題である。自分の子どもの本当の父親がいったいどういう素性の男なのか、気にならないはずはない。それに他人に精子を提供する男とはいったいどういう男なんだろうか。金目当てなんだろうか？　どこか知らないところで自分の子どもが生まれてくることに何の感情も持たないのだろうか？　生まれてきた後に会わせろとか、何か脅迫されるようなことはないのだろうか？　さまざまな疑問が高倉夫妻の頭に渦巻く。

佐々木は精子提供者に関する情報は極秘事項であり、相手を詮索することはしないで欲しいと釘を刺した。その上で、提供者には遺伝学的疾患がないことや、性病その他の疾患を有さない健康な男性であることを確約した。二人はほかにも詳しい説明を聞いたが、考えれば考えるほど不安が募り、到底その場で決められるようなことではなかった。その日は詳しい説明を聞いただけで二人は帰路に着いた。

一九九〇年初頭、精子提供に関してはこれまで正確な臨床データの蓄積はなく、その安全性、有用性については不明な点も多い。いわんやその倫理的な問題に関して表立って議論されたことはない。タブーな話題であり、到底社会的に認知される内容とも思われない。当然両親は反対するだろう。どこの男のかもわからない精子を使って妊娠するなど、両親の世代にとってはこの上なくおぞましいことに違いない。

そうして生まれてきた子どもを高倉家の跡取りとして認めるはずもない。仮に不妊の原因が恵子にあったとして、ほかの女の子宮を借りる、いわゆる借り腹ならまだ両親はそれを許したかもしれない。それなら母親はともかく晴彦の、すなわち高倉家の血をひく子であることに間違いはないのだから。

いや、そうなら早々に恵子など離縁させて若くて健康な女性を新しい嫁として迎えようとするのではないか。かくいう晴彦自身もそう感じていた。生まれてくる子は本当に高倉家の跡取りとして認めることができるのか、何よりその子を自分の子どもとして生涯愛することができるのか、どうしても結論を出せないでいたし、やはりどこか薄汚いないものを感じていた。

しかし、もうほかに方法はない。

この話について二人の間で会話がないまま数日が過ぎた。四日目の夕食後、

「恵子、この前の話だけど……」

晴彦が重い口を開いた。

「お前はどう考えている？」

正直恵子はまだ自身の中で考えをまとめることができないでいた。子どもを授かれば舅姑は大喜びするに違いない。だが果たして無事に子どもを授かることができるのか？　夫婦の間だけの秘密ということだが、本当にそんなことが可能なのか？　どこからかばれるのではないか？　将来、このことで子どもにトラブルが生じることはないのか？　そして何よりそんなことをして主人は本当に納得できるのか？　考えれば考え

るほど混乱した。

「私……、どうしたら良いのかわからなくて……」

彼女はそう答えるしかなかった。

「あの……。あなたは、あなたはどうなんですか？」

恵子はその言葉を口にして、それを即座に後悔した。不妊の原因が自分にあるという事実を突きつけられ、その上自分の女房にほかの男の精子を使って妊娠させる……、こんなことを果たして受け入れることができるのだろうか？　男、いやオスとしてのプライドをずたずたにされているのではないだろうか？　恵子はこのことが原因で自分と主人の関係が大きく変わってしまうことが何よりも怖かった。両親さえ許してくれるのなら、私はこのまま主人と二人で平穏な生活を続けていきたい、そう思っていた。子どもは欲しかった。どうしても欲しかった。でも今の生活を失うことは決して望むことではない。

「私はね、君が良ければこの話、進めてみても良いと思っている」

恵子には意外な返事だった。おそらく晴彦は反対してこの話はなかったことになる、そう思っていた。

晴彦は続けた。

「私に子どもをつくる能力がないとわかった以上、それでも子どもを望むとなれば、もうほかに方法がないんじゃないだろうか」

「でもあなた……。本当にそれで良いのですか？」

恵子は夫の真意を測りかねていた。私に対する贖罪や遠慮の気持ちからそんなことを言っているのではないかと疑った。

「もちろん、君が納得してくれれば、だがね」

主人も私も子どもが欲しいのは同じだった。でもこの方法で生まれてくる我が子は果たして主人の子どもと言えるのだろうか？　主人は子どもを本当にかわいがってくれるのだろうか？　でもやっぱり子どもが欲しかった。それはこの家の嫁、主人の嫁、ということだけではなく、女として、いやメスとしての性なのかもしれない。恵子自身もこの数日このことばかりを考えていた。

それに、知らない男の精子を自分の身体に受け入れることへのおぞましい気持ちがどこにもなかったと言えば嘘になる。半分強姦されたような気持ちになるかもしれない。それでも、

「私は、あなたさえ良ければそれでも良いと思っています」

お互いに相手が良ければ、という奇妙なやり取りになってしまったが、それは責任回避の気持ちからだったのかもしれない。しかし二人がともにこの状況においてもやはり子どもが欲しいと思う気持ちは揺らがず、そして共通していた。

「じゃあ、この話、進めるということで良いな」

二人はこの晩、覚悟を決めた。

「もしもし、河原君か？　私だ。新大久保記念病院の佐々木だ」

佐々木はこれまで数回精子提供を依頼し、その妊孕率の高い河原に連絡した。

「はい、お久しぶりです」

河原はいつもの抑揚のない低い声で答えた。佐々木は簡潔に用件のみを伝えた。

「例の、いつもの件、またお願いしたいんだが……」

「ああ、ありがたいっす。ちょっと金欠だったんで。いつっすか？」

河原にとってこのバイトは割の良い手軽なものだった。できることなら毎日でもやりたいくらいだ。精力のあり余った若い男なら願ったり叶ったりのバイトだった。

「再来週の月曜日、お願いできるかな？」

「了解っす！　また溜めておきますね」

「それと……」

「わかってますよ。前の週に性病の検査でしょ。ソープにも行ってないしテレクラで女引っかけたりしてないから大丈夫っす」

性感染症、ＳＴＤ（sexually transmitted diseases）に関してだけは十分気を付けるように厳重に言い渡していた。ＨＩＶはもちろんのこと、梅毒、淋病、その他諸々の疾患に感染しないことは精子提供者として絶対的な条件であった。万一、生まれてくる子に先天奇形や諸々のトラブルが生じては大きな問題となる。慎重には慎重を重ねなくてはならない。

佐々木は恵子にも連絡をした。

「高倉さん、準備が整いました。予定通り再来週月曜日の午後二時に病院のほうへお越しください。体調はお変わりないですか？」

佐々木はもう一度恵子の月経周期を確認した。最も妊娠しやすい排卵日の二日前から当日までを慎重に選んで精子を注入しなくてはならないからだ。

「はい。特に体調に変わりはありません。それと、生理のほうもいつも通りです」

いかに相手が産婦人科の医師といえどもほかの男性に自分の生理に関して話をすることは女としてどうし

ても抵抗があった。しかし、もう賽は投げられた。後には引けない。主人が覚悟を決めたように、私も、いや私こそが覚悟を決めなくてはならない。それがこのことを許容してくれた主人の思いに答えることだと恵子は思った。

予定通り河原は月曜日に来院した。彼は迷うことなく病院の裏口から入り、いつもの採精室に向かう。薄暗いその部屋で彼は下半身だけ脱ぎ、四日間溜め込んだ精液をそのふてぶてしい陰嚢から排泄した。そして三万円の現金を受け取りすっきりした面持ちで意気揚々と足早に病院をあとにした。彼にとって射精は単なる排泄に過ぎない。彼から提供された精液のうち１ccは当日のＡＩＤ治療に使用し、残りは０・５ccずつ分注し凍結保存された。

別室では恵子が処置台の上に横たわっていた。佐々木は先ほど河原から提供された精液のうちの１ccをツベルクリン用の注射器に充塡し、その先にカテーテルを接続した。そしてそのカテーテルを恵子の膣内に挿入した。恵子は静かに目を閉じた。佐々木は慎重に子宮頸部に近い一番奥の部分まで進めると、ゆっくりと河原の精液を注入した。

恵子は初めて夫以外の男の精子を自身の身体に受け入れた。

処置はわずかな時間だったが、恵子にはとてつもなく長い時間に感じられた。そして自分が何か得体のしれないものに凌辱されているようなおぞましい感覚に苛まれていた。

晴彦は産婦人科の前ではなく、一般待合の一番奥で妻の処置が終わるのを待っていた。当初、恵子は自分一人で受診すると言っていたが、それでも晴彦はやはり自分も付き添うと申し出た。恵子にしてみればこのおぞましい一連の処置を主人と一緒にやり過ごすということは到底受け入れられない思いであった。晴彦にしても妻の身体にほかの男の精子が注入されるというこの屈辱的な行為を心の奥底では不快に思ってはいた。それでも彼は付き添いを申し出た。妻の、やり場のない悲しみに寄り添うことだけが今の自分にできることだと考えたからだ。

「高倉さん、こちらへどうぞ」

処置を終えた佐々木が晴彦を診察室に促した。

処置室から出てきた恵子の顔は少し高揚していた。そしてやはり疲労困憊していた。

「大丈夫か……」

晴彦はそう声をかけた。

「ええ……」

恵子は短くそう答えるのが精いっぱいだった。これ以上言葉を続けるとなぜだか涙があふれそうだったからだ。

「処置は予定通りトラブルなく終わりました」

佐々木は淡々と説明した。

「はい。ありがとうございます」

二人は軽く頭を下げた。

「先般ご説明の通り、一回の処置で妊娠できるかどうかはまだわかりません。三週間以上経過して妊娠の兆候が認められない場合には再度処置が必要となります」

これも予め説明を受けた通りの内容であった。しかしできればこのような思いは二度としたくない。二人は同時にそう感じていた。

「それでは数日間は安静を心がけてください。お疲れさまでした」

長い長い一日が終わり、二人は帰路に着いた。

恵子に妊娠の兆候が認められたのは先々月、二回目の精子提供を受けた後だった。夫以外の男のだとわかってはいたが、それでも恵子は長年の夢であった子宝に恵まれ、嬉しかった。ただ嬉しかった。自身の中にむくむくと母性が湧き上がってくるのを自覚し、何としてもこの子を無事に産み、育てていく覚悟を決めた。

晴彦にとって妻が妊娠したことは、彼女同様ようやく子どもが持てる喜びをかみしめる一方、やはり忸怩たる思いが内在しているのも確かだった。もし自分が無精子症でなく普通に子どもを授かっていたら……。そう思うとオスとして本能的に生まれてくる子を拒否してしまうのではないかという一抹の不安を抱えずにはいられなかった。しかし、このことは二人の間で相談し出した結論だ。恵子の前では絶対にこの気持ちを悟られてはいけない。何より生まれてくる子には何の罪もない。自分の本当の子どもとして精いっぱいの愛情を持って育てていこうと決心した。

桜の花が舞い散る三月、その子はこの世に生を受けた。かわいらしい女の子だった。のびのびとおおらかに育つよう、「遥香」と名付けられた。両親は初孫の誕生に狂喜した。恵子もようやく嫁として認められた。彼女は内心不安でいっぱいだったが、嬰児の天使のような顔を見た途端、その不安は一瞬にして払拭された。遥香はこうして高倉家の跡取り娘としてこの世に生を受けた。

晴彦と恵子はたった一人の愛娘にあふれんばかりの愛情を注いだ。無論祖父母も同様であった。恵子の両親はすでに他界していたが、もし生きていたらどんなにか喜んだであろう。なかなか子どもができない自分の娘が嫁ぎ先で肩身の狭い思いをしていることを恵子の両親は痛いほどよく知っていて、離婚も致し方ないと思っていた。そんな思いをさせたことを恵子は改めて思い出し、涙した。もっと早く自分たちが覚悟を決めて動いていれば、両親にそんなつらい思いをさせなくても済んだかもしれないと思うと、何とも言えない複雑な気持ちになった。

遥香は小学校から都内でも有数のお嬢様学校に進み、高校まで何不自由なく、高倉家のお嬢様として育てられた。大学は代々続く医者の家系を継ぐべく明慶大学医学部に進学した。遥香にとってそれはごく当たり前のことであり、そこに何の躊躇もなかった。百人の医学部の同級生の中で女性は二十人足らずであったが、いずれもみな高い志を持った尊敬すべき同級生であった。その多くは親が医療関係者であり、遥香と似たような家庭環境で育った者が多く、彼女は充実した学生生活を送ることができた。

卒業後、多くの女子学生が内科や皮膚科といった診療科を選択する中、彼女は脳神経外科というハードな科を選んだ。中枢神経というまだまだ未知な部分が多い点にひかれたこともちろんだが、亡くなった母方の祖母が脳卒中であったという話を母からよく聞いていたことも影響したのかもしれない。高倉家の祖父母や父は遥香が脳神経外科を選んだことには驚きを持っていたが、まあこの先、脳疾患を取り扱える医師となることは役に立つだろうと容認していた。

恵子は多くの犠牲を払って生まれた我が子が順調に育ち、皆が願うように医師となってくれたことに大きな満足を感じ、自身の責任をようやく果たせたような気がしていた。姑もようやく自分に心を開き、高倉家の嫁として認めてくれたような気がした。しかし、姑と喧嘩をしたときなど、遥香は実はあなたたちの本当の孫ではないのよ、と内心ほくそ笑むような意地悪な感情を持つこともあった。

五年前に舅が、そして三年前に姑が亡くなると恵子にとって今まで自分にのしかかっていた重石は取り除かれ、身も心も軽くなったような気がしていた。あとは遥香が相応の立派な婿を取り、この家を継いでくれれば何も言うことはなかった。彼女の今一番の関心はそこであり、多くの伝手をたどり婿探しに奔走していた。

第7章　コースアウト

なぜこんなことになってしまったのだろう。

恵子による衝撃の告白を聞いた遥香は混乱の極みにあった。賢太郎との間に血縁関係があることも許せなかった。理不尽なことはわかっている。どうして二人が出会って愛し合ってしまったのか？　その運命も許せなかったし、そんな出会いを用意した神すら許せなかった。冷静になろうとすればするほど混乱し、一人パニックに陥った。彼女はその日から三日間仕事を休んだ。

妊娠も四ヵ月目に入り、そろそろお腹も目立ってくる。もし中絶を考えるのなら時期も迫っている。何もかもが一気に彼女に襲いかかり、彼女自身どうしたら良いのかまったく先が見えないでいた。真美や葉子に相談できるようなことでもない。でも賢太郎だけにはこのおぞましい事実を伝えないわけにはいかなかった。

「精子、提供……？　そんなことができるんだ……」

素人の賢太郎にとってはＳＦ映画の世界のような内容だった。当然のことである。赤ちゃんが精子と卵子の結合によってできることくらいまでは理解しているが、人工的に精子を女性の身体に注入して子どもをつくる、という行為がどうしても理解できないでいた。彼にとっては「子どもを造る」という感じだった。

遥香は少し冷静になっていた。二人の母親が違う人物であることは明らかだった。とすれば可能性は一つしかない。父親が同一人物である、ということだ。

「それで、賢太郎のほうはどうだったの？　お母さんのこと、何かわかった？」

賢太郎はこれまでの経緯を話した。そして父親のことも……。

「そう。名前と当時の住所がわかれば十分だと思うわ。私のほうは、これから確かめる」

遥香はそう言うと自分に何か言い聞かせるように小さくうなずいた。

遥香が母校の産婦人科学講座のホームページを確認すると佐々木という医師はまだ大学に在籍していた。そう言えば学生時代に講義の助手をしていたような気もする。今は准教授となり、不妊治療の若きエースとして学会でも一目置かれる存在となっていた。この男が私たち家族の、そして賢太郎と私の幸せをぶち壊しにした。そして自分がこの世に存在しているのがこの男の所業の結果であることが何より許せなかった。

遥香は同級生で産婦人科に入局した友人に佐々木の評判を聞いてみた。それは決して褒められたものではなく、良く言えば研究のためにはすべてを犠牲にするような熱心なタイプであるが、裏を返せば研究成果を上げるためには手段を択(えら)ばないという性格のようだった。二年前から日本不妊治療学会の理事を務め、日本産婦人科学会においても若手幹事に任命されていた。

数年前からは顕微授精による不妊治療を手掛け、他の研究施設と熾烈な研究競争をしている。おそらく表にはだせない研究費の蓄積がその礎になっていることは容易に想像できた。基礎研究には膨大な研究費が必要であり、臨床研究は症例数が多いほうが正確なデータが得られる。彼の研究は精子の妊孕性に深くかかわるAZF遺伝子の基礎的解析に加え、精子保存液の臨床研究などその内容は多岐にわたっていた。ここ数年の研究業績を見ると佐々木は国内でも有数の臨床実績をあげ、基礎研究の充実とともにこの分野のリーダーの一人といっても過言ではなかった。

遥香は佐々木に直談判することにした。それが大学にとって何を意味するか？　それによってどんな仕打ちを受けるか？　遥香には痛いほどわかっていた。一介の女医が他科の准教授の研究に難癖をつけ、いわんやその過去を暴くような行為をすることなど大学のヒエラルキーを考えるとありえない話である。

おそらく産婦人科学講座から遥香の所属する脳神経外科学講座にクレームが入り、遥香は大学から、いやこの地域の医療圏から追放されるかもしれない。開業している父にも迷惑が及ぶかもしれない。それでももう後には引けない。ほかに自分の本当の父親を確認する方法はない。何よりこのお腹の子を守るにはそれしかなかった。

遥香は佐々木に面会のアポを取った。当然、事の詳細は知らせず、患者のことで相談があるということにした。ある秋の日の午後、遥香は久しぶりに母校の門をくぐった。医学部を卒業してから十年近く。多忙を極めた研修医時代、それから数カ所の研修病院で脳神経外科医としての研鑽を積んだ。専門医の資格も取得し、ようやく一人前の脳神経外科医として認めてもらえるようになった。今回のことでそのキャリアをすべて失うかもしれない。それでも仕方ないと思った。

キャンパスでは多くの医学生が学んでいるが、試験も終わり学生たちもリラックスした雰囲気だった。シンボルツリーのクスノキの赤い葉は彼女が学生だった頃と変わっていない。遥香は昔の自分を思い出し、少し年を取った自分に苦笑いした。あの頃は何もかもが輝いていた。何でもできるような気がしていたし、何にでもなれるような気がしていた。がむしゃらに勉強し、思いっきり遊んでそして今の自分がある。蔦の絡む研究棟は十年前と変わらずどことなく陰湿なたたずまいだった。かび臭い建物の中に入ると解剖学で追試を受けたときのことを思い出した。

産婦人科の医局は四階の一番奥だった。遥香は意を決してドアをノックした。中に入るとおそらく開業医の娘か何かだろう、能天気な秘書が対応に出てきた。だいたい医局で秘書をしている女性は親の伝手で就職したような婿探しの開業医の娘か、あるいはやはり医者狙いのしたたかな女に限られている。四時の約束であったが十五分ほど待たされてようやく佐々木が現れた。彼は自分の部屋に遥香を案内した。

「はじめまして。産婦人科の佐々木です」

彼はそう言って名刺を差し出した。

「城東総合病院脳神経外科の高倉です。今日はお忙しいところ、お時間をちょうだいし恐縮です」

遥香も名刺を取り出し、この男が私たちの人生を台なしにしたとの思いはおくびにも出さず、そう丁重に頭を下げた。

「それで、今日はどういう……?」

佐々木は一面識もない脳神経外科の女医の突然の訪問に明らかに戸惑った様子だった。遥香はおもむろに切り出した。

「実は先生にご相談というのは、私の患者さんからちょっと込み入った相談を受けまして……」

「はあ」

佐々木は一向に遥香の話が見えず、明らかに戸惑っている。

「私の患者さんで脳腫瘍の三十代の男性がいるのですが、その男性が結婚されることになったんです」

「それは、おめでたいことで……」

遥香はその場当たり的な返答に苦笑いした。

「それはそうなんですが、一つ問題がありまして」

「と、言いますと?」

遥香は本題に切り込んだ。

「自分の血液型やＤＮＡ鑑定をしたいということで私に相談があったんですが、私も門外漢ですので知り合いの法医学教室の同級生に内緒で頼んだんです」

遥香は話を続けた。

「その結果、その方と父親との間には血縁関係がないことが判明したのです」

遥香は佐々木の表情を凝視した。

「それは……、いったいどういうことなんですか？　母親が、その浮気でもしてできた子、ということでしょうか？」

佐々木はその意味を測りかねていた。

「私にもよくわからないんですけど……」

遥香は含みを持たせるようにそう言った。

「どうやらそのご両親が昔、精子提供を受けて妊娠したって言うんです」

佐々木の表情が一気に厳しいものになったのを遥香は見逃さなかった。

「精子提供？　いったいどういうことなんですかね？　私にはさっぱりその事情、わかりかねますが……」

佐々木はかろうじてそう反応したが、額にはうっすらと汗をかいていた。

「そうですか……。私も唐突な話でどうしたものかと困っておりました。そうしたら知り合いの産婦人科の先生から佐々木先生はＡＩＤ治療の第一人者だと伺ったものですから、何かご意見をいただけるかと思って伺った次第です。この地域でＡＩＤを手掛けているのは先生の所しかないと聞きましたので」

遥香はそうたたみかけた。明慶大学産婦人科でもＡＩＤ治療については大学の倫理委員会を通して形ばかり行っていた。その担当が佐々木だった。それはあくまで先進医療を担う大学医学部というスタンスであり、本格的に行っているものではなく、年間一例あるかないか程度だった。

「私の所でＡＩＤ治療を開始したのは大学の倫理委員会の許可を受けた四年前からですから、その方のご両親の精子提供に関しては私にはわかりかねます。いったいどこでそのような治療が行われたのでしょうか？」

佐々木はあくまでもしらばっくれて、そう答えた。

「私も詳しくは伺っていないのですが、なんでも新大久保何とか病院って聞いたような……」

遥香はあえて気を持たせるように曖昧な返事をした。佐々木はじっとうつむいたまま何も答えなかった。

しばらくの沈黙の後、遥香は、

「先生が何もご存じないのなら、仕方ないですね。私の方でもう少し詳しく調べてみます」

そう言って席を立った。

「お役に立てず、申し訳ありません」

佐々木はそう答えるのが精いっぱいだった。ここでことを明らかにしては絶対にならない。それでなくても次期教授選考を控えて今は最も大事な時期なのだ。

「先生、今度また別のお席でお話を伺ってもよろしいでしょうか？」

遥香は佐々木の目をまっすぐに見据えてそう言った。佐々木は何かもごもごと曖昧に答えていたが、遥香はその答えを最後まで聞くことなく、彼の部屋をあとにした。医局秘書はネイルの乾き具合を確認している真っ最中で遥香のほうを振り返ることもなく「お疲れさまでした」と声をかけただけだった。そんな女に返事をするのもうっとうしく、遥香は医局のドアを少しだけ乱暴に閉めた。

「どうだった？」

その日、賢太郎は久しぶりに遥香の部屋を訪れていた。

賢太郎は少し遠慮がちにそう尋ねた。ある意味、危険な役回りを遥香にさせたことにいくばくかの後悔を覚えていたからだ。

「相当戸惑っていたわ」

遥香はコーヒーを淹れながらそう答えた。彼女の正直な感想だった。三十年前の精子提供の話、そして新大久保の病院の名前を出したときの佐々木の狼狽ぶりはそれは相当なものであった。しかし遥香の目的は自分の父親が誰なのか、確認することであった。佐々木が非合法的に精子提供による不妊治療を行っていたことは医師として、いや人間としても許しがたいことではあったが、喫緊の課題として、それより自分の生物学的な父親を確認し、賢太郎のそれと照合することが最優先であった。

「近いうちに、もう一度会って、今度は父親のことを問いただしてみるから。もしその情報提供を拒むようなら、全部暴露するって脅してやるわ」

遥香は自分自身に言い聞かせるように覚悟を決めた。

「遥香……。危ないことだけはやめてくれよ。今大事な時期だし。そのときは俺が表に出るから」

賢太郎も遥香の目をまっすぐに見てそう言った。

「ありがとう」

遥香はそう言うと少し涙ぐんだ。

「困ったことになった……」

佐々木は自分の部屋に部下である栗栖を呼んで小声でそう呟いた。

「先生、何かあったんですか？」

栗栖は遠慮がちに尋ねた。

佐々木は先日の遥香の訪問の次第を話した。

「先生、それはちょっとまずいんじゃないですか？」

彼も事の重大さに驚愕した。もしこれまでの経緯が暴露されたら佐々木はもちろん自分のキャリアも失われ、産婦人科の領域で研究を続けていくことは到底不可能となるのは明らかだった。

「うん……」

佐々木もそう言ったまま言葉を失っていた。

「でも先生、その女はまだ事の詳細にまではたどり着いていないんじゃないですか？」

「ああ、今のところ、はな。しかし、彼女がこの問題を探り始めたら、事態が明らかになるかもしれない」

「その女の目的は何なんでしょうか？　金、でしょうか？」

「いや、その女医のことはこちらでも調べてみた。実家は内科の開業医で、自身も城東総合病院の脳外科の副部長だ。金に困っている様子はない」

「そうですか。じゃあいったい何が目的でしょう？　単純に患者のことを心配して、というわけでもないでしょうし……」

「いや、どうだろう。女医の中には異常に患者にのめりこむ奴がいるからな」

佐々木はそう吐き捨てるように言った。彼は女医が嫌いであった。産婦人科には女性を診察する科ということだけで入局してくる女性も少なくない。その中にはウィメンズクリニックなどを開業し、半分美容と婦人科を兼ねたようなお気楽な開業をして、出産やがん治療といった本当に大変な仕事からは距離を置く者が多いからだ。

彼は女医の存在などまったく信用していなかった。感情的に動き、何か強く注意すればすぐ泣く、ガキだと侮蔑していた。少し見どころのありそうな奴がいて一生懸命忙しい時間を割いて指導したあげくに、結婚退職されたことが何度あっただろうか。おまけにやれ生理休暇が欲しいだの、妊娠しただのと面倒なことばかりを言ってくる。家庭の都合で当直はできないなどとほざき、注意するとパワハラだの労基に訴えるだの、腹の立つことばかりだ。

そしてまたこの大切な時期に自分の邪魔をしようとしている。佐々木ははらわたが煮えくり返るような不快感を覚えた。

「先生、何とかしないと」

「ああ、わかってるよ。これまでのキャリアをあんな女医のせいで台なしには絶対させないよ」

佐々木は苦虫を嚙み潰したような顔でそう呟いた。

遥香はあらためて現在行われているＡＩＤ治療について調べてみた。当然それは佐々木がかつて遥香の両親に施したようなずさんなものではなく、日本産科婦人科学会の公告にしたがって厳格にその適応、方法、倫理が確立されているものであった。それを知って遥香はどこか少しだけ救われたような気がした。

それによると、精子提供による非配偶者間人工授精ＡＩＤは不妊の治療として行われる医療行為であり、その実施に際しては、我が国における倫理的・法的・社会的基盤を十分に配慮し、これを実施する。

1．本法以外の医療行為によっては、妊娠成立の見込みがないと判断され、しかも本法によって挙児を希望するものを対象とする。
2．被実施者は法的に婚姻している夫婦で、心身ともに妊娠・分娩・育児に耐え得る状態にあるものとする。
3．実施者は医師で、被実施者である不妊夫婦双方に本法を十分に説明し、了解を得た上で同意書等を作成し、それを保管する。また本法の実施に際しては、被実施者夫婦およびその出生児のプライバシーを尊重する。
4．精子提供者は健康で、感染症がなく自己の知る限り遺伝性疾患を認めず、精液所見が正常であることを条件とする。精子提供者は、本法の提供者になることに同意して登録をし、提供の期間を一定期間内とする。
5．精子提供者のプライバシー保護のため精子提供者は匿名とするが、実施医師は精子提供者の記録を保存するものとする。
6．精子提供は営利目的で行われるべきものではなく、営利目的での精子提供の斡旋もしくは関与または類似行為をしてはならない。
7．非配偶者間人工授精を実施する施設は日本産科婦人科学会へ施設登録を行う。

とされている。現実的運用として対象は法的に婚姻している夫婦であり、原則として夫に精子がない場合、つまり夫が無精子症のカップルがその対象となる。提供される精子は妊娠する確率が高くまた感染症や遺伝疾患の危険性のできるだけ少ないものを使用し、さらに同じ提供者から生まれた子どもの偶発的な近親婚の確率を少しでも低下させるために、一人の提供者からつくられる子どもの数を制限している。また夫婦のＡＢＯ及びＲｈ血液型を検査して、生まれてくる子どもの血液型からだけでは人工授精を施行したことが明らかにならないよう配慮されている。夫婦の同意は必須であり、治療開始時に戸籍謄本を持参してもらい、提供者の匿名性、秘密厳守、嫡出確認などを明記した合意書を作成することが決められている。

しかし、当時と現在で変わらない問題があった。それは日本では精子が匿名で提供されるため、生まれた子どもは遺伝上の父親を知ることができない点である。また逆に提供者も自分の子どもを特定することはできない。また、ＡＩＤ治療で生まれた事実を子どもに知らせるか否かについても親の判断に任されている。

国連総会で批准された児童の権利に関する条約（子どもの権利条約）では「子はできる限りその父母を知り、かつ父母によって養育される権利を有する」と規定されているにもかかわらず、日本では子どもの希望ではその正確な出自を知ることができない。

生殖補助医療により生まれた子は成人後、その子に係る精子・卵子・胚を提供した人に関する個人情報のうち、当該精子・卵子・胚を提供した人を特定することができないものについて、当該精子・卵子・胚を提供した人がその子に開示することを承認した範囲内で知ることができると規定されているが、あくまでも提供した人が承認する範囲内、とされている。すなわち提供者が承認しない限りその真相はやぶの中ということである。

遥香は何かむなしさを感じた。どう転んでも生殖医療は不妊に悩む親側の立場にしか立っていない。いくら文面上、被実施夫婦及び出生児のプライバシーに最大限の配慮をするよう記載されていても、生まれてくる子の真実を知る権利の保障はどこにも記載されていない。いわんや精子提供者のプライバシー保護のため、提供者は匿名とされ、その記録は生殖医学的見地から精液評価などのために保存されるべきものとされている。

つまり、カルテの保存期間が過ぎ、カルテが廃棄されれば永久に真実にたどり着く手段はなくなるのである。そしてこの匿名性が保障されなければ、提供者本人及びその家族に与える社会的影響は大であり、また提供された側もその後の家族関係の安定のため、提供者が匿名であることを通常希望している、とされている。

家族関係の安定って何？　遥香はどうしても理解できなかった。こうして生まれてきた私が一生何も知らされずに高倉家の跡取り娘として生きていくことが家族の安定？　でも今、こうしてその真実を知ってしまった私はどうなるの？　いっそ始めからきちんと話をしてくれていたほうがよほど家族関係の安定を維持できたはず……。

今のように厳密な規定がなされていたとしても、自分の本当の父親、いや精子提供者の情報は保存期間をとうに過ぎたカルテとともに廃棄されているはずだし、未来永劫私は実の父親を知ることはできない。もちろん何も知らされずに一生を幸せに過ごし、そしてその人生を終えていく人もいるのだろう。

ただ育ての父親は本当の所どうなのだろう？　遥香は自分の出生の秘密が明らかになってから晴彦とは話をまったくしていない。彼の本当の気持ちについて知る由もなかった。本当に私のことを心の底から愛してくれていたのだろうか？　いつもはそうでも折に触れ、やっぱり自分の本当の子じゃないからなどとは微塵も思わなかったと断言できるのか？　私を高倉家の跡取りとして本当に認めてくれていたのだろうか？　おそらく認めてくれてはいたのだろうが、本当の我が子でないからと一瞬でも思われたことがあるのではと考えると背筋が凍るような思いがした。

じゃあ何が正解だったのか？　私ももし真実を知らされずにあのままこれまで通りに生きていけてたら、

それが一番幸せだったのかもしれない。でもこのような形で知ることになるのなら、ある程度大人になったタイミングできちんと話をしていてくれたらこんなにつらい思いをしなくても済んだのかもしれない。少なくともこの「家族関係の安定のため」という表現が、曖昧を良しとし、事なかれ主義を至上とするいかにも日本的感覚を象徴するようで遥香は腹が立った。遥香はどこまで考えても結論には到達しなかった。

三月に入り、少しずつ春の息吹を感じ始めた頃、遥香は再び佐々木にアポを取った。

「それで、今日はまた何か？」

佐々木は二度目に呼び出されたホテルの個室で話を切り出した。

「ええ。先日お話した件ですが」

遥香は佐々木の目を見ずにそう答えた。

「その件でしたら、私にはまったくわからないと先日もお話したと思うのですが」

佐々木は明らかに不快そうに無遠慮にタバコに火をつけた。

「ここ、禁煙です」

遥香はため息をついた。このご時世、許可もなく人前でタバコに火をつけるこの男の無神経さに腹が立った。佐々木は不愉快そうに火を消した。

「それで、なんなんだね？」

佐々木は打って変わって横柄な態度でそう言った。この男、本性を出した、遥香はそう思った。

「先生、あなた三十年以上前から精子提供による不妊治療をしてきましたね？」

遥香は核心をついた。

「いったい何のことだね？　私はそんなことに関与などしてないよ。くだらないことを言わないでくれたまえ！」

　佐々木は語気を荒げた。

「そうですか……。先生はあくまでも関係ないとおっしゃるんですね？」

　遥香はまったくひるむことなくため息をつき、こう続けた。

「もし私が、その精子提供で生まれた子どもだったとしたら、先生、どうなさいます？」

　遥香は佐々木の目を直視して威圧するようにそう言った。

「えっ？　そ、そんなことが……」

　佐々木は明らかに狼狽した。これまで大学の承認を得ずに進めてきた精子提供による不妊治療は四十例を超していた。その一人ひとりを覚えているはずもなく、突然現れた女がそのときの子だなどと言われてもわかるはずもなかった。

「先生は、とっくの昔にお忘れなんでしょうね。というよりいちいち誰を治療したかなんてまったく覚えていないのかしら？」

　遥香は追い込むようににやりと笑って見せた。佐々木は一言も返せずにいた。

「先生、私は白金の高倉内科の娘です。お調べになっているんでしょう？　気づきませんでした？　先生が三十五年前に私の父と母に当時認められていなかった精子提供による不妊治療の話を持ち掛けたこと、忘れたとは言わせませんよ。当時の資料は全部残っていますから。もちろん先生のサインもね！」

　遥香は母に命じて当時のすべての資料を自分の手元に持っていた。そこには諸々の同意書、治療の説明内容を記した書類があり、そしてそれらには佐々木本人の名前が自筆で記されていた。遥香はそのコピーを突きつけた。

「君の患者の話だと言っていたが、君自身のことだったのか……」

不敵にも佐々木は薄ら笑いを浮かべた。あらためてその事実を突きつけられた遥香は一瞬心が折れそうになった。

「そうよ。だったら何だって言うの？」

少し感情的になった遥香の言葉尻をとらえるように佐々木は続けた。

「そうか。それはお気の毒様。それで君の要求は何なんだね？　金か？」

その反省の微塵もない態度に遥香は言いようのない怒りを覚えた。

「お金？　私、生まれてこの方、お金に困ったことはないもんで！」

遥香は一歩も引くことなく怒りに燃えた。そして金に執着する男を侮蔑するような目で佐々木を見据えた。

「で？　先生の本当の目的は何なんでしょうか？」

わざと丁寧な口調でそう言うと、佐々木はもう一度タバコに火をつけた。

「私の実の、いや生物学的な父親の情報を提供してください」

そういうことか……。強がっていても所詮は女だ。自分の本当の父親の情報を知りたいなどとセンチなことを言いやがって。佐々木は内心ほっとしていた。そんなつまらないことならいくらでも教えてくれてやる、とも思った。どうせ誰が父親であっても自分には関係がない、そう思っていた。その代わり、自分の秘密については公表されては絶対に困る。ここはギブアンドテイクといこう。そうすればこの山は乗り越えられる。何としてもこの山は越えなくてはならない。次期教授選考前にこんな女のせいで自分のキャリアをぶち壊されることなどあってはならない。絶対に許せないし許さない。そのためには手段は選ばないと佐々木は密かに決めていた。栗栖にも命じて彼女のすべての情報を集めるように指示していた。

「そういうことか。一つ約束してくれますか？」

佐々木は遥香を懐柔する方法を考えあぐねていた。

「もちろんあなたの言うように当時それは一般的ではなく極めて例外的な治療だった。ただね。あなたのご両親もそうだったが、それでもどうしても子どもが欲しいという夫婦がたくさんいたのも事実なんだ」

佐々木はそう告げた。その言葉に嘘はなかったし、金銭的なことはともかく、彼自身一産婦人科医として、不妊治療に携わる者としてそういった夫婦の希望を何とかかなえてあげたいと思っていたこともまた事実であった。遥香はじっとその言葉を聞くしかなかった。

「実際、今こうして君がここにいるのは、僭越ながらそのおかげと言ってもいいと思う」

「それは私も医者の端くれですから理解できます。でも先生、あなたが法外な金銭を受け取っていたことはけっして許されないことです。何よりあなたはそうして生まれてきた子どもたちの気持ちを考えたことがありますか？」

遥香は偽らざる自身の思いを佐々木にぶつけた。佐々木はそれには何も答えなかった。というか答えられなかったというのが本当のところだった。

確かに不妊に悩む夫婦の中には子どもがどうしても欲しいカップルが少なからずいるだろう。いろいろ悩み、いろんな産婦人科を受診し、たくさんのお金と時間をかけて治療を受け、それでも子宝に恵まれず失望の末に離婚する夫婦もいると聞く。もしかしたら自分の両親もそれに近かったのかもしれないと思うと遥香は忸怩たるものを感じざるを得なかった。しかし、それはあくまでも親の理屈だ。遥香は自分が精子提供の末に生まれた事実を突きつけられたとき、それを何の躊躇もなく受け入れることなど到底できるはずがなかった。知らされなければそれでよいのだろうか？　いや私のようにその事実を知ってしまった者はいったいどうすればよいのか？　これまで父親だと信じて疑うことのなかった男性がある日突然まったく血のつながりのない赤の他人だと知らされるその残酷さに、それでもこの世に生を受けてしまった子が耐えられるはずなどない。遥香はそう感じた。

この医者は、そして自分の両親は、生まれてくる私の気持ちをほんの少しでも考えてくれたことがあったのだろうか？　私を育ててくれたこれまでの人生で、この事実を知ったときの我が子の思いをいささかでも想像してくれたことがあったのだろうか？　そう思うとこの精子提供による不妊治療に関わるすべての人間のことが憎くてたまらなくなった。それにこの佐々木という男は多額の金銭を要求し、私腹を肥やしていた。人の弱みに付け込んで私腹を肥やすなど医師としてあるまじき行為である。彼はそうして生まれてくる子どもの将来やその思いなど、露ほども考えたことなどないだろう。

親子とは「親」と「子」、両方揃って親子なのである。どちらかの欲求だけを一方的に満たそうとしても必ず矛盾が生じるのだ。どうしてそんな簡単で単純なことが理解できないのだろう。親だけの一方的な思いで、子どもが必ずしも幸せになる保証などどこにもない。遥香は自身がそうやってこの世に生を受けた、いや受けさせられた者として強くそう思った。私はもしかしたら「者」ではなく、彼らによってつくられた「物」なのかもしれない。

佐々木もその実、少なからず動揺していた。彼は自身がこの治療を始めた頃のことを思い出していた。彼がＡＩＤ治療について初めて知ったのはアメリカの文献を目にしたときだった。当時、日本ではまったく注目されていないというか想像だにできないような治療法だった。

社会的コンセンサスを得られるはずもなく、当然学会でもその倫理性から許容できるようなものではなかったが、佐々木はこの新しい治療法が必ず将来日本の不妊治療の一翼を担うようになるという直感が働いた。そこから彼はＡＩＤ治療について多くの文献を読み、その治療法の詳細について学んでいった。そこには不妊に悩む夫婦に対し、一産婦人科医としてなんとか力になりたいという強い、そして純粋な思いがあったことは間違いない。

無精子症の男性が子どもを持つことが不可能なことは当時すでに明らかになっていた。それでもどうしても子どもが欲しいという切実な思いを彼は多くの患者から感じていた。そのために何か新しい治療法がないか懸命に探っていたときに出会ったのがこのＡＩＤ治療だったのだ。そして一例目の症例となる夫婦に出会ったのである。

最初の夫婦は建築会社を経営する裕福な家庭の若夫婦だった。それまでのさまざまな治療の甲斐もなく、その夫婦が子宝に恵まれることはなかった。詳しい検査の結果、夫のほうにその原因があることが明らかになった。しかし、この夫婦に対して佐々木はその事実を告げなかった。正確には夫にだけその結果を伝えた。そして佐々木とその夫が相談した結果、妻には内緒でＡＩＤ治療を行った。ほかの男の精子を夫のそれだと偽って妻の身体に授精させたのだった。

そうして生まれてきた子はその夫婦の子どもとしてこの世に生を受けたのだ。この事実は佐々木とその夫しか知らない。妻は自分の夫の子どもと信じて今も幸せに暮らしているのだろう。佐々木はそれならそれでよいのだと思った。そう改めて自分に言い聞かせていた。誰も傷つかずみんなが幸せに、そう八方丸く収まると確信していた。

そのあともＡＩＤ治療を施した夫婦のうち、妻がその事実を知らずに夫の精子だと信じて妊娠したものが少なからずあった。やはり夫としては自分が治療不可能な無精子症だと妻に知られることは、男としての存在価値をないがしろにされ、プライドを傷つけられるようだった。佐々木は夫の切実な悩みを聞いているうちにその気持ちがわかるような気がしてあえて夫のその希望をかなえてきた。

しかし、不妊に悩む夫婦を何とか助けたいという佐々木の純粋な気持ちはいつしか自身の出世欲と金銭欲にまみれたどす黒いものへと徐々に変化していった。そして生まれてくる子どもの存在やその気持ちについてなど、何の興味もなかった。むしろそんなことにまで考えが及ぶ余裕などなかったというのが正しいのかもしれない。

遥香には佐々木がこの先提案してくることは察しがついていた。自分のこれまでの不正な治療を公表しないことを条件に自分の父親の情報を提供すると言うに違いない。案の定、佐々木はそれを取引の条件に提示してきた。遥香はそれでもよいと思っていた。今の自分に佐々木の出世のことなど興味はなかった。今は賢太郎のことが、そして彼との間の子どものことが何より心配だったのだ。遥香は佐々木の秘密を隠蔽することを条件に、自分の父親の情報を得ることに同意した。

その佐々木は強面を装ってはいるが、その実この上なく臆病な男だった。自分の秘密を知っている遥香の存在がどうにも不気味であり、おそらく自分が彼女の本当の父親の情報を提供しても、いつの日か彼女は自分の秘密を暴露してしまうのではないか……。そう思うと眠れない日々が続いた。

佐々木は慎重に遥香の身上を調べていた。その結果、賢太郎の存在も明らかになり、彼女が妊娠四ヵ月目に入っていることも把握した。そして彼女の両親が佐々木の不正な治療の十番目の症例であり、かつての資料からそのときの精子提供者が河原清であることを確認した。もちろん最近、河原とはまったく連絡を取っていないし、その連絡先も知らない。

彼ももう六十歳を越している。自分の精子を使って自分の知らないところで自分の子どもがこの世に生を受けていたなど夢にも思っていないであろう。確か奴は結婚していて子どももいたはずだ。佐々木はそんな昔のことをおぼろげに思い出していた。

この事実を知っているのは部下の栗栖のほか、新大久保記念病院の前原院長、そして治療の介助をしていた古参の看護師だけだった。その看護師は院長の愛人であり、口外する可能性はまずなかった。院長は五年前に亡くなり息子が跡を継いでいる。愛人の看護師も数年前に亡くなったと聞いており、もはや栗栖以外にこの事実を知るものはない。

栗栖は佐々木同様、いやそれ以上に狡猾な男だった。いつ佐々木が自分のことを裏切るとも限らない、そのことも十分に勘案していた。万が一に備え、佐々木の弱みを押さえておくことも周到に準備していた。

今の佐々木は臆病風に吹かれている。ここでもう一押ししておけば、佐々木は逆に自分の犬となる。あの男は弱いものには強いが、強いものには弱い。そのことをこの長い付き合いで熟知していた。彼は不敵な笑みを浮かべた。そして彼はある行動に出ることを決めた。

佐々木の危機は自分にとっても危機である。佐々木一人のせいには決してできないであろうし、ここまで来たら一蓮托生だ。幸い今の研究は他に先んじており、その業績を佐々木一人のものにすることはない。当然自分の貢献も大きいと自負している。その分、自分のキャリアにも反映してもらわないとこれまでリスクを省みずに彼に尽くしてきた甲斐がない。

あの女は下手をすると自分と佐々木を破滅に追いやるかもしれない。佐々木はビビっていて何もできないだろうが、自分は違う。保身のためなら何でもやる。それも佐々木のせいだとすれば何の問題もない。あの男は脅せばどうとでもなる。栗栖の目が妖しく光った。

遥香が父親の情報を入手したのはそれから一週間後だった。

その結果は遥香が恐れていたものだった。精子提供者の欄には「河原清」の名前が記載されていた。その男の住所も生年月日もそこには詳細に記されていた。それは賢太郎が母の友達だったホステスから聞いた男のそれと一致していた。

遥香と賢太郎は異母兄弟。もはやこの事実は覆すことができない。遥香は賢太郎にどう話したらよいのかすぐには判断できなかった。そして何より今自分のお腹の中に宿っているこの新しい命に対し、どのように向き合っていけばよいのか途方に暮れた。

遥香は幼い頃からよく遊んでいた有栖川記念公園の中を一人、散歩していた。子どもの頃、開業医として多忙を極めていた父とそのサポートをしていた母は遥香と遊ぶ時間を持つことは少なかった。遥香はいつもお手伝いの美佐江に連れられてこの公園に遊びに来ていた。だいたい都立中央図書館で絵本を読んで、そのあと梅林か花菖蒲園を少し散歩し、公園脇の喫茶店でアイスクリームを食べるのがお決まりのコースだった。

アイスクリームを食べるのは両親には内緒だった。銀のスプーンで食べるそのアイスクリームは昔ながらの濃厚な味で、遥香はそのアイスクリームが大好きだった。懐かしいその喫茶店も数年前に閉店してしまっていた。

賢太郎と自分が血のつながった姉弟だということ、お腹の子どもはその二人の子どもであること、二つの事実が頭の中をぐるぐる巡り、軽い吐き気を覚えた。もう時間がない。賢太郎には話をしなくてはならない。この先二人に、いや三人に何があろうと私たちは必ず乗り越えていく決意を遥香は固めていた。

その夜、遥香は事の次第を賢太郎に告げた。賢太郎も薄々は予想していたようでそれほど驚いた様子ではなかったことが遥香にはせめてもの救いだった。

「でも……。その……」

賢太郎は言いづらそうに続けた。

「遥香と俺に血のつながりがあろうと、そんなことは関係ない。俺は、遥香を愛している」

賢太郎はあえて姉と弟という表現は避けてそう言った。それでもこう続けざるを得なかった。

「ただ……、生まれてくる子は大丈夫なのかな?」

それは遥香も懸念していたことだった。近親結婚が禁じられている理由の一つに血縁関係の近い者同士で子どもを設けると、劣性遺伝子による遺伝子疾患が表面化しやすいという優生学的な理由があるとされる。無論皆が皆、遺伝子疾患を発症するわけではないがその確率は有意に高い。もちろん親子兄弟でそういう関係になることに対する倫理的な要因も大きい。遥香と賢太郎はお互いにそうとは知らずに出会い、そして愛し合っている。そこに倫理的な問題が介在すると言われても今の二人にはどうしようもなかった。彼らは偶然出会い、純粋に愛し合い、そして新しい命を授かっただけなのだ。

長い沈黙の後、二人は結論を出した。二人は新しい命に真摯に向き合い、どんなことがあっても三人で生きていくことを決めた。そしてこのことは遥香と賢太郎だけの秘密にすることにした。あたかも遥香の両親がそうしたように……。


「昨年の子宮体癌の治療成績のデータはもう揃っているんだろうね?」

明慶大学医学部産婦人科学講座の研究室で佐々木は講師の阿部にいつものように罵声をあびせていた。

佐々木は不妊症治療グループのチーフであったが、准教授として医局内の研究全般の指導的立場でもあった。次期教授選考に向けて是が非でも業績を上げ、大願を成就させるべくあらゆる画策を図っていた。その分、部下への要求は過剰であり、ときにはパワハラと思えるほどの叱咤を行っていた。明慶大学のグループは顕微授精の経験数、実績において国内では他の追随を許さない存在であり、大学の看板診療科の一つでもあった。その分、医療界特有の内外からの羨望・嫉妬は半端なく、常に佐々木の一挙手一投足に注目が集まっていたのである。

現教授の田淵医学部長は婦人科がんの権威ではあったが、その術式を含め、すでに過去の医者のそれであり、自身の退官後の行く末のみを勘案しているような人物だった。田淵にとって佐々木は必ずしも腹心の部下というわけではなかったが、自分の邪魔さえしなければ次期教授の座を譲ってもよいと考えていた。

明慶大学の実質的な経営権、人事権は理事会が取り仕切っていた。田淵の義理の兄にあたる福井壮太郎は大手医療機器メーカーのＣＥＯであり、理事の一人であった。

「兄さん、ご無沙汰をしています」

赤坂の料亭の奥座敷で田淵と福井は久しぶりに酒を酌み交わしていた。

「ああ、こちらこそ。すっかり春めいて来たね」

三月も後半に入り、東京でも早咲きの桜が人々の目を楽しませていた頃、二人は八寸の小川唐墨と海鼠(なまこ)みぞれ酢和えをあてに、賀茂鶴の冷酒を楽しんでいた。

「一郎君、退官後の行く先は、もう本決まりになったのかな？」

「ええ、おかげさまで。兄さんの口利きで万事つつがなく進んでいますよ」

田淵は退官後、聖マリア医科大学の学長に就任することが内々で決まっていた。

「それで、一郎君の後任は准教授の彼、何と言ったかな？」

「ああ、佐々木君ですね。今のところ彼でよいかなと思っているんですけど」

「そう。まあ一郎君がよいのならそれでいいけど……」

福井は桜鯛の薄づくりをつまみながら、少し含みを持たせるようにそう言った。

「佐々木君に何かありましたか？」

「実は……」

福井は少し言いよどみがちに、佐々木の評判を口にした。彼が少なからず医局内でパワハラもどきの振舞いをしていることはさすがに田淵の耳にも入っており、折に触れ、注意をしていたが、それ以上の悪評はこれまで聞いたことがなかった。研究熱心な者の中には時に周りが見えなくなるタイプも居り、彼はまあその類かと高をくくっていたのだった。

福井はその仕事がら各病院の情報収集には田淵より格段に精通していた。彼の会社は医療機器のみならず薬剤、医療経営カウンセリングなど多岐にわたり、各大学の研究室や市中病院に多くの寄付をしており、関係する医師をある意味掌握していると言っても過言ではなかった。その分、よきにつけ悪しきにつけ、いろいろな情報が彼のもとに集まってくる。その中で佐々木の評判は必ずしも芳しくなかった。中でも福井が看過できなかったのは彼がこれまで何の倫理的検証もせず内密にＡＩＤ治療を行い、あらぬことかそれで金銭的なスキャンダルを抱えていることであった。

この話は新大久保記念病院に勤務する別の医師から得た情報であり、田淵の後継者になり得るかもしれない人物だと知って、福井自身、その確かな情報収集に尽力していた。その結果、どうやら彼がそういった治療に関与し、私腹を肥やしていることが事実であるという結論に達したのだ。

福井は田淵にその事実を告げた。

「何だって！　彼がそんなことを……」

田淵は絶句した。このことが事実で、万が一公にでもなったら自分もただでは済まない。聖マリア医科大学学長のポストなど当然吹っ飛んでしまう。彼自身にとっても由々しき事態であった。

「残念ながらこれは事実のようだ」

福井も苦虫を嚙み潰したような表情でそう答えた。

「いったい、いつからそんなことを……」

田淵にとってはまさに青天の霹靂であり、あってはならないことだった。田淵は日本産婦人科学会の倫理委員長も務めている。現在の産婦人科医療は純粋に医学的要素だけではなく、特に不妊治療においては医療関係者以外の第三者、すなわち学識経験者、法律家、一般市民代表などさまざまな立場の人々から意見を聞き、社会情勢に合致した産婦人科ならではの倫理が大きく取りざたされる、そんな状況である。

そんな田淵にとって自分の講座から倫理に大きく外れるような治療を内密にしていたこと、いわんやそれで金銭を得ていたとなると弁解の余地などまったくない。このことが公になるということは田淵自身の監督責任も当然問われ、それはすなわち彼がこの二十年以上かけて築き上げてきた明慶大学医学部産婦人科学講座の権威と信頼を根底から覆すような由々しき事態でもあった。

「どうやら彼が非常勤で勤務している、ほら、新大久保記念病院があるだろう。あそこでかなり以前からＡＩＤ治療を始めていたらしい。それも不妊に悩む口の堅い裕福な夫婦をターゲットにして秘密裏にその治療を行い、多額の報酬を得ていたようだ。これは間違いない」

福井はそう断言した。田淵も福井の情報収集能力には一目置いており、彼がそこまで断言する以上、これは事実であることは間違いがないと腹をくくった。とにかく自分が退官し、明慶大学と縁を切るまで、この忌まわしい事実を何とか公にならないよう隠蔽することが自分の身を守る唯一の方法だと確信した。

賢太郎は居酒屋とガソリンスタンドのバイトを続けながら、小説を書き続けていた。彼の小説はそれまでとは違ってリアリティーに溢れたものへと進化していた。小説なんて所詮は空想物語、男と女が入れ替わったり、時空を超えて未来と過去が交錯する……、そんな滑稽で荒唐無稽な小説がもてはやされる昨今、賢太郎のそれはどことなく古めかしく、もしかしたら売れ筋ではないかもしれない。しかし、そこには人間の本質的な優しさを問うような重厚な趣があった。

ただ、世の中はそれほど甘くはなく、彼の小説が世に出ることは難しかった。青弦社編集部の田辺に紹介してもらった幻春社という会社は都内の小さな出版社で、大手のような政治力も営業力もないようなところだった。それでも青弦社とは違い、一般小説を発刊するごく普通の出版社であり、担当編集者の竹島も強い熱意を持って賢太郎をサポートしてくれている。これまで生きてきた中で人から褒められたことなど一度もなかった賢太郎は、いつも世の中の隅っこで目立たないように息をひそめるように生きてきた。決して人の邪魔にならず、迷惑をかけないことだけを心掛け、自分はそういう一生を送るべくこの世に生を受けた存在なのだと思い、自身にそう言い聞かせてきた。そんな彼を竹島は親身になってサポートしてくれた。

半年かけて賢太郎は本格的な恋愛小説を仕上げた。その後、三ヵ月かけて担当編集者と綿密に打ち合わせ、校正を行い、ようやく上梓に至った。『蒼い月』というその小説は特段派手なプロモーションもなく幻春社から出版された。

「先生、困ったことになりましたね」

栗栖はさも心配そうにそう言った。

「ああ、今頃になってあんな女が現れるとは……」

佐々木も苦々しく吐き捨てるように答えた。

「先生、このままだとあの女、この先何を言ってくるかわかりませんよ」

栗栖はそれとなく佐々木を煽った。小心者の佐々木のことだ、この先も脅迫が続くと自分の身が危うくなることを重々承知しているはずだ。彼は佐々木には内緒で遥香のことを、そして高倉家のことを詳細に調べていた。彼は漁夫の利を得ることをもくろんでいた。高倉家に対してＡＩＤ治療のあげくに愛娘がどこの誰かも知れない男の精子を受けた子どもであることをネタに脅迫して金を要求すること、と同時に長年にわたり不法にＡＩＤ治療を行っていた佐々木を排除し、その業績を自分のものとすることであった。これまで手足のように使われてきた佐々木を一気に蹴落とし、金と名誉を一挙に自分のこの手にするのだ。佐々木にぼろ雑巾のように扱われ、彼の出世の道具にされることなどプライドの高い栗栖にとって決して許せるものではなかった。

佐々木は自分の出世のためには手段を選ばない男であった。これまでも精子提供による不妊治療以外にも決して口外できないような研究を行い、非合法に金を稼ぎ、患者を食い物にしてきた。一方、栗栖は一人の医師として到底許せるものではないと感じてはいたが、研究のために目をつぶってきた。と言えば聞こえは良いが、その実、彼自身、佐々木に輪をかけて出世欲、金銭欲が強い男であった。佐々木は多くの部下を踏み台にして今の業績を上げてきた。栗栖自身も利用されるだけ利用され続けてきたが、ほかの手足とは違って用意周到に立ち回り、佐々木の一番弟子として彼を支えてきた。その分佐々木も彼に対しては幾分心を許しているところがあった。しかし、このような事態に陥ってはもはや潮時だ。

「佐々木を切って、すべてを自分の手に入れる」この千載一遇のチャンスを絶対に無駄にしてはならない。その思いだけが栗栖を包んでいた。

「あの女、裕福そうに振る舞っているけど、私が調べたところでは、手術の失敗が続いて数件の医療事故の訴訟も抱えていて金が必要な様子ですよ。この件をネタに先生にたかるつもりじゃないですか？」

栗栖はありもしないことをあたかも事実であるかのようにそう話した。佐々木を追い込むための虚言であった。

「そんなことが……」

今の佐々木は明らかに冷静さを失っており、腹心の部下である彼の言うことを疑うことはなかった。

「それに、今、これまでの未承認の不妊治療が表沙汰になれば、我々は終わりです」

栗栖はとどめを刺した。

「そんなことはわかっている！」

佐々木は声を荒げた。

「先生、しかもあの女、田淵教授にアポを申し込んだらしいですよ」

もちろん遥香が田淵教授に面会を申し込んだ事実などなかったが、この栗栖の言葉に佐々木はさすがに狼狽した。これまでの研究を現教授に暴露されては自分が次期教授になる芽は完全に摘み取られてしまう。もはや猶予はなかった。

「わかった。何とかしないと……」

佐々木は額の汗をぬぐった。そんな佐々木の動揺を栗栖が見逃すはずがない。

「先生、私が何とかしましょうか？」

ジワリと追い詰めるように栗栖がそう言った。少しの沈黙の後、佐々木は重い口を開いた。

「栗栖君、頼むよ」

そう絞り出すように言い、自分の椅子にどっかと腰を下ろした。栗栖はにやりと不敵な笑みを浮かべ、佐々木の部屋をあとにした。

第8章　災禍

「遥香……！　死ぬな！」

賢太郎はＩＣＵのガラス越しにそう叫ぶと、その場にへたり込んだ。

遥香はその日の深夜、緊急手術を終え帰宅途中、自宅近くでひき逃げ事故に遭ったのだ。警察の話では車は盗難車で、付近の防犯カメラでも犯人の顔は確認できていなかった。遥香は頭部と腹部を強く打っており、外傷性くも膜下血腫、脳挫傷、急性硬膜下血腫、左上腕骨骨折、外傷性肝損傷と診断され、そして五ヵ月目に入ったお腹の子の死亡が確認された。遥香は頭部外傷のため、意識障害が遷延しており、ここ数日は生命の危険もあった。遥香の両親も駆けつけ、ただただ変わり果てた愛娘の姿を言葉もなく眺めるしかなかった。

晴彦は賢太郎の姿を見ると、

「お前が……、お前が遥香の前に現れさえしなければこんなことには……」

そう言って賢太郎の顔に拳を入れ、その場に泣き崩れた。賢太郎は返す言葉を失っていた。晴彦の言うとおりだ。自分が遥香の前に現れさえしなければ遥香は彼女にふさわしいエリートの男と結婚し、幸せな生活を送っていたに違いない。自分が彼女の目の前に現れたから、いや、自分がこの世の中に存在しているから彼女がこんな目に遭ってしまったのだ。賢太郎はそう思うとその場にいることができなかった。

病院を出た賢太郎は当てもなく環八沿いを歩いていた。晴彦に殴られた頬は腫れ始め、鼻血が出ていたが不思議と痛みは感じなかった。頭の中をいろんな思いがぐるぐると巡るようでもあり、あるいは真っ白な感じでもあった。

幼い頃から自分の存在について彼は常に否定的にとらえていた。おそらく望まれずにこの世に生を受けた自分、父親の顔も知らず、母親からは虐待を受けた。施設でもいつも隅っこで一人だった。夜間高校を卒業し、社会に出てもいつもその隅にいた。目立たないよう、人に後ろ指をさされないよう、ただただ息をひそめるように生きてきた。住み込みのパチンコ屋で年下の先輩にバカにされても、雑用を言いつけられても決して逆らうことなく従ってきた。売れない小説を書いて編集者にその才能の無さを指摘されても決して反論することなくただただだうなずいて力ない笑みを浮かべていた。

賢太郎は、遥香から佐々木のことは聞いていた。自分は医療関係者ではないので詳しいことは正直わからなかったが、佐々木が違法な不妊治療をした結果、自分たちに不幸な運命がもたらされたことだけは理解していた。そしてここ最近､病院からの帰り道で誰かに後をつけられたりと､遥香の身に不可解なことが起こっていたことも彼女から聞いていて、十分に警戒していたつもりだった。それなのに彼女を守り切れなかった自分に正直言いようのない無力感を覚えた。

賢太郎は今回のこの事故が佐々木の画策によるものだと確信している｡遥香から､もし自分の身に何かあったら佐々木を疑ってくれと言われていたのである。彼女を、そして自分たちの子どもをこんなむごい目に遭わせた佐々木のことが絶対に許せなかった。生まれて初めて腹が立った。心底人を憎いと思った。賢太郎の身体の中からこれまで経験したことのないようなどす黒いマグマがむくむくと頭をもたげていた。証拠は何もない。それでも賢太郎は生まれて初めて復讐を誓った。

「先生、これでよろしかったですか？」

栗栖は佐々木の部屋を訪れると、わざと丁寧な口調でそう言った。

「ん？　何のことかね？」

佐々木はあくまでもしらばっくれて見せたが、栗栖の目には彼の動揺が手に取るようにわかった。

「先生、私はただ先生のご指示に従っただけですから。先生の身に何かあったら私も一蓮托生、決して誰にも口外しませんから」

そう言うと、無遠慮に煙草に火をつけた。

「君！　なんていうことを……」

佐々木は狼狽してそう声を荒げた。「頼む」とは言ったが、決して彼女を傷つけたりしてくれと頼んだ覚えはない。ＡＩＤ治療で不道徳な医療行為はしたかもしれないが、あくまでそれは患者を助けるためであり、これまで人を傷つけたり、ましてや殺そうとしたことなどありえなかった。医師として、いや、人としてそんなことは当然許されないと思っていた。しかし栗栖にそんなことを言っても一蹴されるのは目に見えていた。

「まあ、これからもよろしく頼みますよ」

佐々木はそれには答えず、机の上の書類を整理するふりをした。栗栖はにやつきながら部屋を出ていった。

「あの野郎……」

佐々木は言いようのない怒りとそして不安を覚えた。あの男は自分の裏の顔をすべて知っている。違法な不妊治療を実施したこと、それで私腹を肥やしたこと、そして今回の遥香の一件……。あいつは知り過ぎた。これ以上あの男を放置すると、いつの日か足元をすくわれ、自分の身が危うくなる。佐々木はのっぴきならないところにまで追い詰められている自分を自覚した。

　かと言って、今、腹心の部下である彼を失うことは研究面においての損失が大きい。実際、ここ最近の研究データの蓄積はそのほとんどを彼に任せており、それは佐々木の昇進にとって必要不可欠であった。奴を始末するのは自分の教授昇進が現実のものとなった後でよい。今の佐々木はそうすることしかできなかった。

　栗栖はさらに罠を仕掛けた。彼はバイト先の賢太郎宛に匿名で電話をかけた。

「はい。菊池ですが……」

　賢太郎に電話がかかってくることなどこれまでまったくなかった。もちろんそれは家族や友人がいないからであり、もしや病院からの訃報ではないかと彼は一瞬身構えた。

「高倉遥香さんの事故について、ちょっとお耳に入れたいことがあるんだけど」

　遥香の容態の急変ではなかったことに安堵したものの、見知らぬ相手からの電話に賢太郎は何かしら不吉なものを感じた。それでも遥香の事故に関する情報があると聞いては放っておくわけにはいかない。警察からは捜査に関する朗報は聞いていないし、それ以外の有力な情報を彼が得ることなどできるはずもなかった。

「あの……。いったいどういう……？　それにあなたはどなたなんですか？」

　賢太郎はいぶかしく思いながらそう尋ねた。その直後、電話は切れてしまった。賢太郎は相手の素性を詮索したことを後悔した。もしかしたら事故の真相に係る情報を手に入れることができたかもしれないのに……。

　それから数日後、同じ相手からまた電話がかかってきた。一度目にすぐ電話を切ったのは賢太郎を自分の手のうちに置こうとする栗栖の陰湿な画策だった。見事にその罠にはまった賢太郎は電話から三日後の週末、その相手に会うことにした。

日が落ちた代々木公園には若いカップルがちらほらいるほかは、帰宅を急ぐサラリーマンが園内を足早に通っているだけだった。人気の少ない陸上公園の南側で二人は待ち合わせた。賢太郎は遅れないように十分前に着いていた。数人の男が彼の目の前を通り過ぎていったが、目印の雑誌をわきに抱えた男はまだ現れない。

約束の時間から五分ほど過ぎた頃、一人の中年の男が賢太郎の前に現れた。その男はハンティング帽子を目深にかぶり、濃いめのサングラスをかけマスクもしていたので、その顔はまったくわからなかった。身長は170センチほどであろうか、比較的痩せ気味の暗い雰囲気の男であった。

「菊池賢太郎さんですね?」

男は賢太郎のフルネームを口にした。他人から唐突に名前を呼ばれたことに言いようのない不気味さを覚えた。

「あの……。どちら様ですか? 遥香のこと、何かご存じなんですか?」

賢太郎は単刀直入にそう尋ねた。こんな得体の知れない男とはあまり関わり合いになりたくないとは思ったが、ここまで来た以上、この男が何か知っているのならその情報はぜひとも聞きたいと思ってもいた。

「私のことは詮索しないでくれたまえ」

その威圧的な言い方に賢太郎はいささかひるんだ。これまで人前で優位な立場にいたことなどなく、いつも上から話をされていた彼にとって、このような対人関係においてはいつも卑屈になるのが彼の性だった。

男は話を続けた。

「君の彼女、そう高倉遥香をひき殺そうとしたのは……」

男は気を持たせるように煙草に火をつけた。それは賢太郎が見たこともないような外国製の高価そうな煙草だった。普段嗅いだことのない甘い匂いが鼻を刺激した。しかし、それは決して好ましい香りではなかった。

「彼女を殺そうとしたのは明慶大学医学部産婦人科の佐々木という医者だ」

その男は無表情にそう続けた。

賢太郎はやはりという思いとまさかという思いが交錯した。これまでの経緯からすると佐々木がこの上なく疑わしい。しかし、遥香と同じ医師である佐々木が人殺しまでするなどということはあっては欲しくなかった。医師という仕事はもっともっと崇高なものであると信じたかった。

「あの男が……」

賢太郎は唇をかみしめた。

「なんだ。君は佐々木を知っているのか？」

その男は薄ら笑いを浮かべながらそう言った。

「でもどこに証拠が……」

賢太郎は至極当たり前なことを聞いた。いきなり見ず知らずの怪しげな男の言うことなど俄かには信じがたい。佐々木と遥香の間に大きな確執があったことは賢太郎も知ってはいたが、そんなことで医者である奴が人を殺すだろうか？　賢太郎は混乱していた。

「これを聞いてみるといい」

男は一本のＵＳＢを賢太郎に手渡した。

「まあ、信じるか信じないかは君の自由だ。だが、これは事実なんだ。これこそが真実なんだよ」

そう言うと男は再びにやりと笑った。

「君に会うのはこれが最初で最後だ」

そう言うと男は足早に立ち去った。

賢太郎はUSBの内容を一刻も早く確かめたかったが、残念ながらそれを聞くデバイスを持っていない。部屋にあるのは古いテレビだけだ。彼は仕方なく青弦社の田辺のもとを訪ねた。

「賢太郎、久しぶりだな。小説のほうは進んでいるのか?」

暗い表情の賢太郎を見て、田辺はそう話しかけた。また何か困ったことになっているのかといささか身構えたが、それでも彼のことは何となく放っておけない自分に苦笑いした。

「実は……」

賢太郎はこれまでの経緯を話した。そして初めて人前で涙ぐんだ。事の重大さに田辺もすぐには声をかけることができなかった。「お前……。本当なのか?」田辺は初めて賢太郎の涙を見た。そして背中を優しく撫でた。その瞬間、賢太郎は堰を切ったように嗚咽を漏らした。

賢太郎は何かと自分が面倒を見ている弟のような存在であり、今目の前で涙を流している彼を見ると何とか力になってやりたいと田辺は思った。その反面、もしそれが事実であれば大変なスキャンダルであり、場末の出版社とはいえ文筆業に携わっている田辺にはスクープを取る大きなチャンスのようにも感じられた。彼のことを利用しようなどとは微塵も思ってはいなかったが、それでも自身の利益のことをどこか心の片隅で考えている自分がいることも確かだった。こんなときにも自分の仕事のことが頭をよぎる自分自身にいささかの義憤を覚えたが、それが人間というものだとも思った。

田辺は事務員の小太りな女に冷たいお茶を用意させた。女は面倒くさそうにお茶を用意した。賢太郎を落ち着かせている間に彼はネットで明慶大学医学部産婦人科学講座のホームページを検索してみた。佐々木という人物は准教授であり、その分野ではかなりの有名人のようである。賢太郎が少し平静を取り戻したところで田辺は彼から渡されたUSBをパソコンに接続し、その内容を確認した。

そこには佐々木と栗栖の会話や動画が録音されていた。

「田辺さん、こんなのが本当に証拠になるんだろうか？」

賢太郎はいぶかし気にそう言った。

「そうだな。まずこれが佐々木自身の声なのかどうかわからないし……」

栗栖の声は編集され、機械音のように聞こえた。

「声の照合については俺に任せておけ。知り合いに頼んでみるよ」

田辺には裏々にさまざまな調査をしてくれるいささか怪しい知り合いも何人かいた。こういう業界にいるとそういう輩とも付き合いが出てくるものだ。

「それにしてもこれがもし事実だとすると、その佐々木という男がお前の婚約者をひき殺したという可能性はかなり高いかもしれんな」

田辺は深刻な表情でそう呟いた。じつは栗栖は自分の声だけでなく、その内容もあたかも佐々木自身が遥香をひき殺すことを自白したかのような内容に捏造していた。

「許さない……」

賢太郎が呟いた。田辺は初めて怒りに満ちた賢太郎の姿を見たような気がした。

その後、田辺はほかのネットのサイトから佐々木の講演の様子をダビングし、知り合いに頼んで、その両者の声を照合した。その結果、USBでの会話は佐々木のそれであることが判明し、その結果を賢太郎に告げた。そして賢太郎はここに至り、佐々木への復讐を決意した。一方、田辺は田辺で独自に佐々木について調べ始めた。

賢太郎は栗栖と会った日以来、佐々木に対する復讐のことしか考えていなかった。遥香の両親が彼女への面会をかたくなに拒み、病院に行っても賢太郎は遥香の顔を見ることすら許されなかった。彼は来る日も来る日も病院に赴いたが、そのたびに晴彦に罵倒され、近づくことを許してはもらえなかった。そしてこれ以上、大切な愛娘の遥香を不幸にしないでくれと泣いて頼まれた。

賢太郎はすべてに絶望した。やはり自分はこの世に不要な存在なのだ。いやこの世に存在すべきではないと確信した。

初めて家族を持つはずだった。遥香と生まれてくる子と三人で小さくても幸せな家庭を築きたいと思っていた。遥香の収入にだけ頼ることのないよう、小説も書き溜めていたしバイトも長く続けられるものを探していた。定職にもつけるよう青弦社編集部の田辺に依頼し、知り合いの出版社から臨時採用でもよければという返事ももらっていた。遥香と生まれてくる子どもの名前も相談していた。いつの日か遥香のご両親にも許してもらって、初孫を抱いてもらいたかった。そんな淡い夢を抱いていた。しかし、それは単なる賢太郎の都合のよい幻想に過ぎなかったことを改めて思い知らされた。

生まれてくる子は男の子だった。超音波写真には男の子の小さなシンボルが見えていた。賢太郎は携帯電話のその写真を見て、再び涙した。そして改めて復讐を誓った。自分の命より大事な遥香とこの世に生を受けることすらできなかった我が子の無念だけははらしてやろうと固く心に誓っていた。

事故から二ヵ月後、懸命な治療の甲斐もなく遥香は逝った。

第9章　手紙

遥香が亡くなってから高倉家は火が消えたように静まり返っていた。

警察は賢太郎の供述から高倉家にも事情聴取に何回か足を運んでいた。しかし二人は、うちは一切関係ない、遥香は一方的な被害者であり、賢太郎に付きまとわれて無理やり結婚を迫られ、妊娠までさせられたのだと証言していた。そのかたくなな態度は一切変わることなく対応した刑事たちが何度足を運んでもそれ以上の話を聞くことはできなかった。

二人はそれより遥香のひき逃げ事件について捜査を進めてくれるよう懇願したが、そちらに関してはまったく進展が得られなかった。賢太郎亡き今、これ以上佐々木の一件について捜査を進めるすべはなく、また実際警察としても民事にもかかわるようなややこしい事件に首を突っ込みたくはないというのが本音であった。特に大学病院には検死や司法解剖などで何かと世話になることも多く、余計なもめごとは起こしたくはないというのも本音だろう。


賢太郎の起こした事件から半年が過ぎ、多くの大学関係者の記憶からも消え去っていた。佐々木は何事もなかったかのように復職していた。事件は精神異常者による傷害事件として処理され、佐々木は一方的な被害者として学内では同情されるような立場にあった。ただ一人、事の真相を知る栗栖を除いては、誰もその一件についてそれ以上詮索する者はなかった。

もちろん事件直後は賢太郎の供述に沿って、佐々木の新大久保記念病院でのＡＩＤ治療について違法性がないか、警察は慎重に調べを進めていた。しかし、佐々木と栗栖はこれまでの経緯を巧妙に隠蔽し、決して事の詳細が明るみに出ないように万全を期していた。所詮、何の社会的信用もない三文エロ作家が何を供述しようと、明慶大学医学部の准教授の前には何の信憑性もなかったのだ。賢太郎が自殺して、この一件は被疑者死亡で控訴棄却となってしまった。

その明慶大学産婦人科学講座では、田淵教授が退官を半年後に控え、自身の聖マリア医科大学学長の人事を確実なものとするため、各方面への根回しに奔走していた。文科省や厚労省にはその方面にも顔の利く義兄の福井壮太郎に骨を折ってもらい、聖マリア医科大学内のお歴々には明慶大学出身者を中心に周到な根回しを進めていた。一部学内から循環器科の教授で現医学部長の杉田を新しい学長にという話も耳にしており、その情報収集にも暇（いとま）がなかった。

「義兄さん、いろいろとありがとうございます」

銀座の和食店の奥座敷で二人は酒を酌み交わしていた。

「いやいや、聖マリアのほうは順調にいっているようで何よりだね」

福井はそう言って盃をあけた。

「義兄さんが例の件、うまく処理してくれたから本当に助かりましたよ」

田淵はそう言って福井の盃に酒を注いだ。

「ああ、循環器科の杉田さんの件ね……」

福井はそう言うとにやりと笑った。

杉田教授は業者との癒着で何かと噂に上るような人物だった。これまでも学内で何度か問題になりかけたことがあったが、そのたびに周到な根回しにより公になるのを回避してきた。しかし、福井は医療機器メーカーのオーナー社長という顔も持っており、その筋に関しては詳細な情報をつかんでいた。

福井のライバル会社でもある新日本医療機器はアメリカ製の心臓カテーテルに関し、福井の会社であるジャパンメディカルホールディングスを出し抜いて専属契約を結ぶことに成功していた。その際にも多額のわいろを相手方のメーカーに渡し、公正取引委員会から調査が入った経緯がある。そのような会社が杉田のような人物を見逃すはずもない。両者が接近するのに時間はかからなかった。

そして、それまで福井の会社と新日本医療機器がほぼ半々の割合で聖マリア医科大学に納入していた心臓カテーテルはある時期を境にすべて新日本医療機器からの納入に変更されてしまった。無論ジャパンメディカルホールディングスも杉田教授への心づけは相応にしていたが、新日本医療機器のそれは常軌を逸していた。本人のみならず、その教授夫人の送り迎え、季節ごとの豪華な贈り物、銀座に同行し、夫人の言われるがままに高価なブランド品を買い、三ツ星レストランで豪華な食事を提供した。さらに教授夫婦のみならずその娘夫婦も連れてのハワイ接待旅行などなど、その他数限りなく接待の限りを尽くしていた。

こうなると、もはや福井の会社が入り込む余地はなかった。ただ、福井はその詳細を部下に調査させ、何かの折に必ずリベンジすることを心に誓っていた。福井はたたき上げのワンマン経営者である。一度煮え湯を飲まされた屈辱は決して忘れないし、その相手は絶対に許さない。それは彼の経営哲学の一つでもあった。そのときがたまたまやってきただけだ。福井は心の中でほくそ笑んでいた。無論、義弟の学長就任は福井にとっても喜ばしいことであるが、それだけでは済まさない。あのときの屈辱は決して忘れない。

福井は腹心の部下にその当時からの新日本医療機器による違法接待の詳細をネットに上げさせた。そのニュースは瞬く間に関係者のあいだで拡散された。当然学内でも大きな問題として取り上げられた。今回ばかりは杉田も隠蔽することは困難だった。明らかな贈収賄の証拠がつまびらかにされており、反論のしようはなかった。教授会、理事会で協議の末、杉田は無期限停職処分となった。このまま田淵が学長に就任した際には、明慶大学から新たに循環器科の教授を就任させ、あとは一気に形勢逆転する。

これが福井の描いたシナリオであり、そのためには田淵を何としても聖マリア医科大学学長に据える必要があった。そうなれば循環器科のみならずほかの科へも大きなアドバンテージとなる。ただの恩情で義弟を医科大学の学長に据えるわけではない。福井のような人間には当然の皮算用であった。最終的に杉田と新日本医療機器は贈収賄事件の容疑で警察沙汰になり、現在は裁判が始まっているらしい。

「それはそうと、一郎君の後任はもう決まったのか?」

福井は自身にとっては実はどうでもよい話題に切り替えた。

「ああ、そのことなんだけど……。義兄さんが先日お話していたことがちょっとね……」

田淵は佐々木の違法不妊治療に関する一件を気にしていた。

「ああ、そのことか。まあ何かしらよからぬことはやっていたようだ」

「やはりそうですか……」

田淵は頭を抱えた。仮に福井の言うことが真実だとすれば、とにかく自分が退官し、新たな高みに上るまでこの事実は何としても隠蔽しなくてはならない、そう確信していた。福井にしてみればこの事実は杉田の過去の贈収賄疑惑のように次の役に立ちそうだと内心ほくそ笑んでいた。二人の思いはそれぞれ異なっていたが、それぞれの大願成就のために今夜も杯をあげたのだった。

一方、高倉家は相変わらず火が消えたようであったが、それでも晴彦は開業医として一見元の生活に戻ったようにふるまっていた。恵子は抑うつ状態から抜け出せないでいた。自分が手塩にかけて育て上げた愛娘があのような形で自分の前からいなくなってしまった。どうしても受け入れることができなかった。

十一月の月命日のその日、恵子はいつものように遥香の部屋で彼女の好きだったビリー・ジョエルのＣＤをかけた。もともと恵子が好きだったビリ・ージョエルだが、彼女がそれをいつも聞いていたら自然に遥香もいつしか口ずさむようになっていた。家族三人で東京武道館の来日コンサートに行ったときの興奮がよみがえる。そのときのＣＤをかけようとラックに手を伸ばしたとき、一通の封筒が零れ落ちた。

「何かしら……？」

恵子はそれを手に取った。それは遥香からのものだった。分厚いそれは長い長い手紙だった。

「遥香……」

遥香の筆跡を目にして恵子は改めて涙し、震える手でその手紙の封を開けた。

「パパ、ママ。ごめんなさい」

その手紙はそんな書き出しで始まっていた。

「パパ、ママ。ごめんなさい。こんな形で家を出ることになって。これまで私に注いでくれた愛情には心から感謝しています。でも、ごめんなさい。どこから自分の気持ちを書き記したらよいのかわかりません。私がパパの子じゃないとわかったときの衝撃は想像を絶するものでした。これまでパパだと信じて疑うこともなかったパパが、パパじゃなかった……。私は賢太郎との間に子どもを授かりました。皮肉にもそのことでうちの家族の秘密を知ることとなりました。でも私は後悔はしていません。愛する人との間に新しい命を授かったこと、後悔などするはずもない。子どもを授かることがこんなにも嬉しいことだとは思っていませんでした。これまで仕事一筋だった私だけど、初めて女性としての喜びをかみしめることができたような気がします。それと同時にパパとママが不妊に悩み、どうしても子どもが欲しかったという思いも痛いほどわかります。それを十分に理解したうえで私がこれから話すことを聞いてください」

そこには遥香の正直な気持ちが綿々と記されていた。恵子は涙をこらえながらその手紙の先を読み進めた。

「パパとママがどうしても子どもが欲しくて、いろんな不妊治療を試したこと、幸い子どもを自然な形で授かった私には、その苦労は知る由もありません。ただパパとママが選択したAIDという方法で生まれてきた私はその事実を突然突きつけられることとなり、つらい運命を背負うことになってしまいました。こんなひどいことをパパとママに言うなんて、私は本当に親不孝で残酷な娘なのかもしれません」

遥香の字は震えていた。

「でも一つだけ言わせてください。こうして生まれてきた子どもの気持ちをAID治療においては何もフォローしてくれないのです。一生その事実を知らされず、何事もなかったかのように生涯を終える方もいるのかもしれません。私は不幸にも偶然にその事実を何の心構えもなく突然突きつけられました。そしてそれは決して誰にも、そうパパとママにも葉子にも真美にも相談できないことだった。つらかった。賢太郎にその事実を伝えなくてはならないときもやっぱりつらかった。そして賢太郎がどこまで私の気持ちをわかってくれているかは今でも正直わからないけど、それでも彼はずっとずっと私に寄り添ってくれる。それで十分なの。それと、このことはパパとママに言おうかやめておこうかずいぶん迷ったんだけどやはり伝えておきます。ＤＮＡ検査をした結果、私と賢太郎は血のつながった姉と弟だったの。ＡＩＤ治療で精子を提供した男性は、賢太郎の実のお父さんであることがわかったの。だから私と賢太郎は姉と弟だった。もう私は気が狂いそうだった。でも賢太郎がいてくれたおかげで何とか乗り越えることができた。そしてどんな関係であっても賢太郎と生まれてくる子と三人で幸せな家庭をつくることを誓ったの。彼が遺伝学的に弟だとしても彼は私にとっては大事な人なの。パパがママを、ママがパパを大切に思っているように、私には賢太郎が大切な人なの。彼がどんなに社会的に恵まれていなくても、彼はやっぱり私にとって本当に大切な人なんです。それだけはわかって欲しい。そしてパパとママがそうであったように、私と賢太郎も二人の子どもが欲しい。だから許して欲しい。親孝行って何なんだろう。もしかしたらそれは親のためではなくて自分自身のためなのかしら。そして子どもの幸せを願う親の気持ちって……。それってもしかしたら親のエゴなのかしら。パパ、ママ、こんな酷いことを言う娘はやっぱり親不孝な娘だよね」

娘の正直な気持ちが恵子には痛かった。それは自身の罪の意識であり、愛娘に対する贖罪の思いだったのかもしれない。それと同時に遥香と賢太郎が姉と弟であるという酷い運命を背負わせてしまったことに強い衝撃を受け、言葉を失った。

「もう一度パパとママには残酷な話になるかもしれないけど、許してね。ＡＩＤ治療は生まれてくる子どもの立場にもっともっと寄り添う必要があると思うの。ただただ盲目的に？　この言葉が正しいのかどうかはわからないけど、そう盲目的に子どもが欲しい、という思いだけでＡＩＤ治療を選択して欲しくはない。パパは私のことを本当はどう思っていたのか？　遺伝学的に自分の子どもじゃない娘を本心から我が子として認識し認知し、愛することができたのかしら。もちろん血のつながりなんかなくても家族をつくることはできるのかもしれない。それを言えば夫婦なんてもともと他人なわけだし、それでも家族をつくっていく。そう、家族は出来合いのものではなくてつくっていくものなんだろうけど、それでもやっぱり許容できない部分があるのは確かだった。夫婦と親子は似て非なるもののような気がします。私はこれまで騙されていた。欺かれていた。その感覚をどうしても払拭できないでいるの。パパ、ママ、こんな遥香を許してね。それでもパパはパパだと思っているし、もちろんママもママであることには変わりない。支離滅裂な内容で本当にごめんなさい。こんな形でこの家を出ていきたくはなかった。本当にごめんなさい」

遥香の手紙は多くの謝罪の言葉で結ばれていた。なぜ遥香が謝らなければならないのか、彼女をここまで追い詰めたのは紛れもなくＡＩＤ治療を選択した自分と晴彦のせいだ。このことで遥香がどんなに苦しんだのだろうかと思うと、そして遥香はどんな思いで死んでいったのかと思うと、恵子は自分の理性を保つことなど到底できず、ただただ大きな声で泣くばかりであった。

恵子の異変に気づいた美佐江が部屋に飛び込んできた。

「奥様……。どうされたんですか？」

恵子はただただ涙をこぼすばかりであった。そして遥香の手紙を美佐江に手渡した。美佐江がこの高倉家に勤め始めてからもう四十年近くになる。どうしてこの家の家政婦になったのか、詳しいことを恵子は知らされていなかったが、先代のときからの家政婦でこの家のことは何でも知っている、ある意味家族の一員のような存在だった。遥香のこともそれは我が娘のようにかわいがってくれたし、先代の姑が長患いで寝たきりになったときも献身的に介護した。

彼女がこの家にいなかったら、恵子だけでは到底切り盛りできなかっただろう。彼女は結婚することもなく、この家にずっと勤めてくれている。住み込みでもといったが彼女はそれを断り、高倉家のすぐ近くのアパートに一人で住んでいる。つつましやかに、それでいて凛としたその姿は恵子にはある意味まぶしかった。

「奥様……。ＡＩＤ治療って……」

美佐江はそのとき初めて遥香が晴彦の実子でないことを知った。それは彼女にとっても大きな衝撃だった。何不自由のない恵まれた素封家の高倉家にこのように悲劇的な過去があったとは……。

美佐江がこの家に勤め始めたとき、彼女は婚約を破棄された直後であった。それは美佐江にとって屈辱的なことであり、生涯忘れることのできない人生の大きな汚点となっていた。彼女は高校時代から同級生だった鶯谷にある和菓子屋の三代目と付き合っていた。お互いに将来は結婚をと考え、そして美佐江が製菓の専門学校を卒業し、その彼が大学を卒業するのを機に結婚する予定となっていた。

しかし、美佐江には絶対に秘匿しなくてはならない過去があった。彼女は専門学校時代に別な男からしつこく言い寄られ、付き合っている男性がいるからと言っても執拗にストーカーされた過去があった。彼女はストーカー被害について警察に相談し、警察も彼に注意するなどしていたが、不幸は突然、というか起こるべくして起きてしまった。

同級生との忘年会の帰り道、美佐江はその男にレイプされた。そしてその結果妊娠したことが判明した。

もちろん警察に訴えようかとも思ったが、付き合っている彼のことを思うと何としてもこの事実は隠しておきたかった。美佐江はその男に妊娠の事実を告げ、そして彼の両親にそのことを訴えた。当初、その親は「うちの息子に限って女性を乱暴するなどありえない！　どうせ金目当てだろう！」と美佐江のことをなじったが、これまでの経緯を伝え、必要なら警察にも訴えて胎児のＤＮＡ鑑定もすると言うと、態度を一変させた。彼女は百万円の慰謝料を受け取り、そしてその男に二度と自分の前に姿を現さないことを確約させた。その男は通っていた専門学校を退学した。

しかし不幸はそれだけでは終わらなかった。中絶手術を受けたのち、彼女の子宮はその内膜が炎症を起こし、それが遷延することにより子宮内腔が癒着するアッシャーマン症候群に陥ってしまったのだった。その結果、彼女は二度と妊娠することができなくなってしまった。その事実を突きつけられたとき、彼女は死をも覚悟した。そしてそのことを三代目に告げられぬまま婚約に至ったのだった。

婚約に当たり、三代目の母親は美佐江に健康な身体であるかと尋ねた。美佐江は嘘をつくことができなかった。涙ながらに事の経緯を正直に話した。婚約はいとも簡単に破棄されることとなった。美佐江にとって何よりショックだったのは三代目の両親が反対したことは仕方がないとしても信頼していた三代目までが手のひらを返したことだった。所詮、自分は跡取りを産むための道具にすぎなかったのか、そんな思いが胸をよぎった。それっきり彼と会うことはなかった。そしてそのときから彼女が男性と付き合うこともなかった。

彼女は家政婦募集の案内を知って、高倉家に勤めることとなったのだ。

彼女は献身的に働いた。開業医として多忙を極める晴彦とそのサポートでほとんど家庭を省みることができずにいる恵子に代わり、家の中の一切を担当した。姑の芙美子は何かと口うるさいがあまり家庭の仕事はやらない女性だった。舅は脳梗塞を患ってからは第一線を引退し、趣味の盆栽と観劇にいそしむだけだった。

一人娘の遥香に対しては自分が子どもを産めない分、美佐江はまるで我が子のように愛情を注いだ。遥香も美佐江になついてときには本当の母親にするように甘えた。そんな遥香を美佐江は本当に愛おしく思っていた。遥香の幼稚園の入園式の朝、大きなリボンをつけてあげたのも美佐江だったし、小学校の入学式に制服を整えたのも美佐江だった。高校の卒業式で一人別の大学に進学する遥香をそっと慰めたのも美佐江だった。

子どもを産めない美佐江にとって遥香は我が子以上の存在だったのかもしれない。その遥香を失ったときの悲しみは高倉夫妻に勝るとも劣らないものであった。そして今こうして遥香がＡＩＤ治療という極めて特殊な状況のもとに生まれたことに関して激しく動揺もしていた。ＡＩＤ治療については自身が不妊症であることからいろいろ勉強した際にその概要について知るところとなった。自分には適応外の治療法ではあったが、その詳細を知って一人の女性として言いようのないおぞましさと恐れを感じたことを思い出していた。見ず知らずの男の精子を自分の身体に受け入れる……。それはかつて自身が経験したあの忌まわしいレイプ事件にも似た異常な嫌悪感を抱かせるものであった。

奥様はどうしてそのような選択ができたのだろうか？　旦那様は本当にそれで良かったのだろうか？　美佐江はどうしても理解できないでいた。もちろん不妊に悩む女性の気持ちは痛いほどわかっているつもりだ。不妊の責任が女性側ではなく、男性側にあると知ったら、そういう選択を考えることももしかしたらあるのだろうか？　でも生まれてくる子に何と説明するのだろうか？　それとも一生そのことはなかったこととして隠し続けるのだろうか？　そんなことが果たして可能なんだろうか？　その呵責と重圧に一生耐えることができるのだろうか？　美佐江は考えれば考えるほど混乱した。果たして自分だったらそういう選択をしただろうか？　男性である夫にその原因があり不妊に悩んだ恵子と、女性である自分に原因があり不妊に悩んだ美佐江……。二人はともに子どもという呪縛にとらわれた犠牲者だったのかもしれない。

美佐江は恵子の背中をただただいつまでも撫で続けた。

恵子はその手紙を晴彦にも見せた。到底自分一人の胸にしまっておくことができないほど彼女は動揺していたからだ。晴彦もその手紙を読んでじっと涙をこらえた。しかし恵子に声をかけられた瞬間、低く嗚咽を漏らした。

「あなた……」

恵子も言葉を続けることができなかった。


「それでは産婦人科学講座次期教授の投票の結果について報告させていただきます」

年が明け、二月の明慶大学医学部教授会では田淵の後任人事について投票が行われていた。事務部長が開票結果を読み上げる。

「佐々木健司君、十二票。井上隆一君、三票。榊原真理子君、二票。以上の結果より産婦人科学講座の教授内定者は佐々木健司君に決定いたしました」

学内候補は佐々木一人であり、同門で東島大学の井上は研究業績で佐々木に及ばなかった。他大学出身の榊原にもまったく勝ち目はなかった。とかくその人物像には不穏な噂のあった佐々木だったが、研究業績はほかの候補に比べ優れており、ほぼ順当な投票結果となった。こうして佐々木は明慶大学産婦人科学講座の次期教授に内定した。

「佐々木君、おめでとう。後はよろしく頼むよ」

田淵は佐々木の肩を叩いた。自身は聖マリア医科大学の次期学長に内定しており、内心後任人事のことなどどうでもよかったが、立場上佐々木に花を持たせた。

「ありがとうございます。これも先生のご指導のおかげです。精いっぱい務めさせていただきます」

佐々木はいつになく慇懃にそう答えた。田淵は福井が話していたことが自分の退官までに公になることだけを危惧していた。しかし、二ヵ月後には自分はこの大学を去る。それまでのことだと高をくっていた。自分が退官した後に何があろうと、もはや自分には関係のないことだ。あとは彼自身が責任を取ればよい。無論彼自身がやらかしたことだ。そんなことで自分が足を引っ張られるいわれはない。田淵は満面の笑みを浮かべながらそんなことを考えていた。

「佐々木先生、おめでとうございます」

多くの医局員が佐々木の次期教授昇進を祝う中、栗栖が卑屈な笑みを浮かべながら近づいてきた。

「ああ、ありがとう。ようやく大願成就だよ」

佐々木は臆面もなくそう言った。

「先生、これからもよろしくお願いしますよ」

栗栖は含みを持たせるようにそう続けた。

「あ、ああ。君にもこれまで以上に頑張ってもらわないとな」

佐々木はもう教授であるかのように悠然とそう言った。

「よろしくお願いしますよ」

栗栖は佐々木の耳元でそう呟くと、もう一度笑みを浮かべて医局を出ていった。

四月、新年度となり、佐々木は教授室の黒い革張りの椅子にどっかと身を沈めた。夢にまで見た教授の椅子はやはり座り心地が格別だった。ただ一つ気がかりなのは栗栖の動向だ。取り立てて彼が自分に何か言うわけではないが、例の一件以来、彼の態度は以前のそれとは明らかに変わっていた。佐々木に対する無言の圧力とでもいうべきだろうか、時に不敵な笑みを浮かべ、佐々木の言うことにあからさまに反論することはなかったものの、自分の主張を決して曲げることはなかった。

それはこれまでには決して見せたことのない態度だった。横柄というのとも違うその態度は佐々木の不安をあおるのに十分だった。自分は一生この男に支配されてしまうのかもしれない、小心な佐々木はその思いが自分の中でだんだん膨らんでいくのを止めることができなかった。

案の定、栗栖は動き出した。佐々木の大願は栗栖の大願でもあった。すなわち佐々木を追い落とし、その後釜に自分が座る、それが栗栖の最終的な狙いだった。そのために彼は人殺しまでした。そのことに何の後悔もなかった。それは佐々木の仕業であり、自分は単にその意図するところを実行したに過ぎない。

医者という仕事柄、どこか人の命に鈍感になっている部分があるのかもしれない。術後に死ぬ患者などいくらでもいる。どんな治療を施してやってもダメながん末期の患者だっている。奴らはいとも簡単に死んでいく。人はいつか、そしていずれ必ず死ぬのである。自分はちょっとそれを後押ししただけだ。世の中に人の命ほど大切な、そして尊いものはないだの、人命は地球より重いだの、誠にくだらない妄言に過ぎない。人の命など医者のさじ加減一つで何とでもなる。いくばくか栗栖の中に残っていた罪悪感も彼のその後の大望の前にはいとも簡単に消え去った。彼は佐々木に比べ、はるかに残酷で非道な人間であった。

栗栖が遥香をひき殺した証拠は何もなかった。そのはずだった。佐々木の違法なＡＩＤ治療に関する研究データはほぼすべて栗栖も共有しており、彼はその違法性が顕在化するよう巧妙にその内容を修正していた。決して自分の関与が疑われないよう、すべては佐々木の主導で行われたものであり、栗栖はその内容を知らされないまま研究のアシストをしていただけであるかのように改竄していた。

第10章　絆

「ねえ、あなた……」

恵子は意を決して口を開いた。遥香が亡くなってから夫婦の会話もほとんどなくなっていた。晴彦は久しぶりに恵子の生気のある声を聴いたような気がした。

「私たち、やはり間違っていたのかしら」

おそらく恵子は自分たちがＡＩＤ治療を選択したことを言っているのだと思った。だからそのあと恵子が口にした内容は晴彦にとっては意外なものだった。

「私たち、やっぱり遥香に本当のことを告げるべきだったんじゃないかと思うの」

晴彦は恵子の真意を測りかねていた。

「もちろん遥香がちゃんと理解できるようになってからの話だけど。私たちがどんなに子どもが欲しかったかということ、遺伝学的に遥香があなたの子どもではなくても私とあなたがどんなに遥香を愛していたか、どんなに遥香の幸せを願っていたか、一つひとつ丁寧に話をすればもしかしたら遥香は理解してくれたかもしれない」

そう言うと恵子はまた涙ぐんだ。

「私たちは自分たちのことしか考えていなかったのかもしれないいな」

晴彦もそっと涙を拭った。

「当時はただただ子どもが授かれば、と心の底から願っていた。そしてその原因が私にあることを思うと、おまえにも両親にも申し訳なくて、私はＡＩＤ治療を選択したんだ。このままだとお前に産まずの嫁として生涯つらい思いをさせるかもしれない、そう思ったのも事実だ。私は責任回避であの治療を選択してしまったのかもしれない。お前にも遥香にもどんなにかつらい思いをさせたかと思うと……」

そこまで言うと晴彦は低く嗚咽を漏らした。昨日から降っていた雨が上がり、部屋の中に日の光が長い影を伸ばしていた。

「それでね、あなた。私、思うんだけど。あのときの担当の先生のやり方、やっぱり私、間違っていると思うの。あのときはあの先生の言いなりになるしかなかったけど、今思えば、秘密裏に行われていたわけだし、当然きちんとした手続きが踏まれていたとも思えない。高額な報酬も要求されたし」

恵子は続けた。

「遥香は私たちが本当のことを言わなかったことも怒っていたけど、もう一つ、同じ医者としてあの先生のやり方がどうしても許せないとも言っていたわ」

晴彦はそのことはまったく知らなかった。遥香が自分がＡＩＤ治療の結果生まれた子だと知ってからはまったく会話をすることがなかったからだ。しかし、遥香が医師として佐々木のことを許せない気持ちは晴彦にも理解できた。当時は自分も不妊に悩む一人の男として彼の治療にすがるしかなかったから、医師としての冷静な判断を欠いていたのかもしれない。そう思うと何とも情けない気持ちになった。

人はなぜ子どもを欲しがるのだろうか？　晴彦はふとそんなことを考えていた。自分はなぜ子どもを切望したのか？　それは高倉家の跡取りを設けて欲しいという両親の切なる思いと、そして何より自分が自分自身の遺伝子、ＤＮＡを後世に残したいという動物としての本能だったのだろうか？

今となっては当時の自分を思い起こすのは困難だった。ただ周りがみんな家庭を持ち、ごく普通にそしてごく自然に子どもを持って育てていたから、だったのかもしれない。晴彦自身、それがごく当たり前のことだと思っていたし、当然自分にも子どもは自然な性生活で授かるものだと思っていたし、よもや自身が不妊の原因であるなどとは考えてもみなかった。

「それでね……」

恵子は少し言いよどんだが、意を決してこう続けた。

「私、このことをちゃんと告発しようと思うの」

晴彦は恵子の思いもよらない言葉に驚いた。と同時にそのことの重大さについて瞬時に危惧した。このことを告発するということは遥香の母校でもある明慶大学に喧嘩を売ることになる。佐々木はあの大学の産婦人科学講座の現役教授だ。告発したところで握りつぶされるかもしれない。この地で開業医をしている自分にとってはかなりリスクが高いことでもあり、覚悟を決めてかからなくてはならない。正直、晴彦はどうしたものかと思いあぐねた。

「恵子……」

恵子はつい先日、晴彦の旧友で弁護士の吉田に会ったことも告白した。

「恵子さん、久しぶりだね」

約束の二時少し前に吉田はホテルオークラ東京のサロンに現れた。

「吉田先生、ご無沙汰しております」

恵子は深く頭を下げた。

「遥香ちゃんのことは本当に残念だった。あらためてお悔やみ申し上げます」

吉田はそう言って頭を下げた。

「晴彦君は少しは元気になりましたか？」

「ええ、おかげさまで。でもまだ……」

「ああ、もちろんだ。子どもを失うほど悲しいことはないからね」

恵子は無理に明るい様子で返した。

「先生のほうはご健勝のようで。奥様もお元気でいらっしゃいますの？」

「ああ、あいつも子どもの手が離れてから昔の友達と遊び歩いていますよ」

そう言ったものの、子どものことに触れてしまったことを即座に後悔した。

「それで、今日はどう言ったことで……」

吉田は話題を変え、恵子の突然の申し出について話を振った。

「実は今日は弁護士としての先生にお伺いしたいことがございまして……」

恵子は言いにくそうに話を始めた。恵子は自分たち夫婦がＡＩＤ治療を受けて遥香を授かったことについて包み隠さず詳細に話した。その上で佐々木を告発したい旨も併せて話をした。

「正直、驚きました」

弁護士としてこれまで多くの事案を担当してきた吉田であったが、ＡＩＤ治療という言葉も初めて聞いたし、思いもよらない内容にただただ驚愕するばかりだった。そしてそのような社会倫理に大きく外れるようなことが医療という最も神聖な場において平然と行われていたことに、法に携わる者として大きな怒りを覚えた。しかし、今の吉田にはそれに関する知識はほとんど持ち合わせておらず、即座に恵子の力になることは難しかった。

「恵子さん、話の内容はよくわかりました。ただこの話は私にとっては専門外だし、すぐ力になれるとも思えません。ちょっと時間をくれますか？」

それでも力になりたいと思った吉田は知り合いで医療関係の訴訟に詳しい友人の弁護士に相談することにした。それが旧友の亡くなった娘である遥香に対するせめてもの弔いだと思った。

「それで吉田は？」

「吉田先生はお知り合いの医療関係に詳しい弁護士の先生にいろいろ情報を尋ねてくださったの」

その弁護士の話によると、日本においてはＡＩＤ治療に関する法整備はまったく追いついていないとのことだった。海外では国連で批准された児童の権利に関する条約にのっとり、子どもの情報開示請求に対して応じなくてはならないという義務を明記している国もあるが、検討ばかりで一向に前に進まないのが日本のお役所、そのせいで国内の環境整備は進展を見ていない。

「やはり、そんなもんだろうな。この国のお役所は……」

地元医師会の副会長として厚生局や保健所など厚労関係との折衝も多い晴彦は、日本の役所のいい加減さには辟易していた。

その弁護士は昨今のＡＩＤ治療の問題点にも言及した。

法整備が不十分であるにもかかわらず、最近では、精子提供者の同意書に「提供者の個人情報について子どもが情報の開示を求めて訴えた場合、裁判所から開示を命じられる可能性がある」との記載が追加されたため、わが国では精子提供者が激減、AID治療の症例が減少しており、本当に真摯な態度で妊娠を希望し、最後の手段としてAID治療を選択しようとする夫婦の大きな障害になっているとも話していた。

そのため精子提供者がアングラな世界にもぐってしまい、不適切な精子提供を受ける女性が増えているという不幸な現実もあり、自分のプロフィールを偽り精子を提供し、訴訟に発展したケースもあるとのことだった。

また恵子たちの時代には考えが及びもしなかったSNSの存在についても調べてくれていた。それによると精子提供者と提供希望者をつなぐマッチングサイトまであり、そこの運営者は取引には関与していないと謳い、事実上の無法地帯となっている。この場合、感染症や遺伝疾患の有無などの検査が正確には行われておらず、妊娠あるいは出産後に大きなトラブルとなる事例もある。果たしてその提供された精子が本当にその提供者のものかどうかの保障もないという驚愕の事実もあるらしい。

しかし、そのような悪質な提供者を規制する法律も処罰する法律もないのが日本の現実である。SNSを使った精子提供などはその法整備が確立されるまでにはまだまだ相当な時間がかかるだろうとその弁護士は説明した。

「SNSって、インターネットとかのことだろう。そんな相手の顔も見えないようなものでこんな大事な問題を解決しようなどと、いったいどこのどいつがそんなバカなことを考えるんだ！」

晴彦は憤慨してそう言ったが、恵子はそうまでしてでも子どもが欲しいというカップルの気持ちがわからないでもなかった。かつての自分たちもそうだったからだ。

その弁護士は最後にこう言った。これまで日本の民法が定めている親子関係は、精子提供については想定されていなかった。近年「生殖補助医療の提供等及びこれにより出生した子の親子関係に関する民法の特例に関する法律」が成立し、ようやくＡＩＤ治療で生まれた子どもとの親子関係について、第10条で「妻が、夫の同意を得て、夫以外の男性の精子を用いた生殖補助医療により懐胎した子については、夫は、その子が嫡出であることを否認することができない」と規定された。それでも生まれてきた子どもに対する告知義務などはいまだに何も規定されておらず問題は山積している。

晴彦も恵子も生殖医療の技術革新と現行の法整備の拙劣さとのギャップにただただあきれるしかなかった。これが日本の医療の現実なのだ。晴彦は自身が医師として地域医療に貢献し、医師会活動などを通じて日々力を尽くし、社会に貢献していると自負していた己の領域はこんなにも愚鈍なものだったのかと思うと、全身の力が抜けるような気がした。

「それとね、私あなたにもう一つ謝らなくてはならないことがあるの」

恵子は遥香の手紙を握りしめてこう言った。

「私、賢太郎さんが警察に捕まっているときに、あなたには内緒で何回か面会に行ったの」

「お前……、あんな奴に会いに行ったのか？」

晴彦は語気を強めた。恵子が自分に内緒で賢太郎に会いに行っていたことに強い怒りを覚えた。と同時に遥香が亡くなった後、ただ落ち込んでいた自分に比べ、恵子が予想外にいろいろ動いていたことに大きな衝撃を受けた。

「だって、あの人は遥香が愛した人よ。子どもまでできていたのよ！　私は彼の話を聞きたかったの！」

恵子はまったくひるむことなくそう言い放った。これまで晴彦に対し、これほど強い調子で反論したことなどなかったから、正直、晴彦は動揺した。

「それでね……。あなた。彼はとんでもないことを言ったの」

恵子はぽつぽつと話を続けた。


賢太郎が四谷西署から東京拘置所に移送された二日後、恵子は夫には内緒で担当の国選弁護士とともに彼の面会に訪れた。被疑者の関係者ということで接見の手続きはややこしく、弁護士の同行がなければ到底かなわなかったであろう。無機質な拘置所の中は恵子にはとてつもなく恐ろしいところに思えた。すべての荷物をロッカーに入れ、金属探知機で全身をくまなくチェックされた後、ようやく面会室に入ることができた。

地下一階の面会室は三畳ほどの狭い部屋で、鉄格子と頑丈なアクリル板で二つの空間に仕切られていた。こちら側は一般人の、そして反対側は犯罪者の世界だった。五分ほど待たされると、刑務官に連れられた賢太郎が手錠をされ、腰縄をつけられた状態で部屋に入ってきた。彼は恵子の姿を見ると驚いたように目を見開いた。

「ご無沙汰ね、賢太郎さん」

恵子は努めて冷静に話しかけた。しばしの沈黙の後、賢太郎が口を開いた。

「すみません。こんなことをしてしまって……」

その声は弱々しくかすれていた。

「あなた……、何でこんな大それたことを……」

恵子は事の経緯を自分ではっきりさせたかった。遥香が愛したこの男がどうしてこんなことをしでかしたのか？　恵子は真相を知りたかった。自分たちの受けたＡＩＤ治療の結果、遥香がつらい思いをして不幸にも命を落としたこと、その真相を明らかにしておくことが彼女の本当の思いを知る最短の方法だと思ったからだ。

弁護士の同行ということで刑務官は同席しない。賢太郎はここで初めて真実を口にした。

それは恵子にも同行した弁護士にも信じられない内容だった。彼の話では、遥香にＡＩＤ治療について詮索された佐々木が遥香をひき殺したということであり、にわかには信じがたいものであった。

「まさか……、そんなこと……」

いやしくも医師であるあの佐々木がこともあろうに人の命を、それも遥香の命を奪っただなんてあるはずがない、いや決してあってはならない。自分も医師の妻であり母である。そういう家庭で生きてきた恵子にとって、人の命を救うべき人間が自らの利得のために人の命を奪うなど考えられない。

さらに賢太郎はもう一つ驚くべきことを口にした。遥香と彼が密かに調べ上げた佐々木の秘密のすべてを記録したファイルをある場所に保存しているという。無論、恵子自身もＡＩＤ治療を受けた当時の記録は夫には内緒で保存していた。なぜだか捨てることができなかった。この秘密が表に出ることを恐れるならばすべてを処分してしまえば良かったのに。

しかし、どうしても処分することができなかった。それは消すことのできない高倉家の、晴彦と自分と遥香でつくる家族の歴史の出発点だからだ。そこには遥香は間違いなく自分が産んだ自分の娘であるという揺るぎない自負があり、遺伝学的に父親が誰であろうと恵子自身の子どもであることは間違いのないことであったからかもしれない。夫が何と言おうと、いや実際にはそんなことは微塵も感じられなかったが、仮に晴彦がそのことで遥香を疎んじたとしても、恵子はそのときには、遥香を連れて高倉の家を出ることもいとわないと考えていた。

このことは高倉の両親にも、そして当然晴彦にも一度も告げたことはなかった。むしろそんな素振りはおくびにも出さず、良妻賢母を演じてきた。遥香が晴彦の本当の子でないことは頭の片隅に常にこびりついて消えることはなかった。恵子にとって家族とは何だったのだろう。遥香が生まれてから三十年余り、自分は一生懸命、家族のために尽くしてきたつもりだった。義両親を送り、遥香の成長を見守り、そして一人娘に幸せな結婚をしてもらって幸福な人生を送ってもらえるよう援助するつもりだった。

しかし、自分のすべてだと思っていた家族はある一瞬を境に音を立てて崩れ去ってしまった。家族なんてそんなにも脆い存在なのか？　それともＡＩＤ治療でスタートした偽装の家族だったからだろうか？　いくら考えても納得できる結論にはたどり着けなかった。遥香が普通のひき逃げ事故ではなく、故意に殺されたのだとしたら恵子は絶対に許すことはできなかった。

生前、遥香が一人暮らす部屋を訪れたとき、彼女が口にした「もし私に何かあったら……」という言葉が恵子の頭の片隅にこびりついて離れなかった。母親の直感だろうか、遥香が事故に遭ったと聞いたとき、これは普通の事故ではないとどこかで確信していた。無論、普通のひき逃げ事故だとしても許せないが、自分たちがＡＩＤ治療を選択したことで遥香がしなくてもよい苦労を背負い、あげくに命を狙われたのだとしたらそれはもう自分たち親の責任でもある、恵子はそこまで追い込まれていた。

だからこそ、恵子は賢太郎に面会をし、いろんな話を聞きたかったのである。賢太郎の話によると佐々木の過去の研究履歴から不適切な内容を遥香は詳細に調べ上げており、その大筋をつかんでいたようだ。しかし、佐々木が遥香をひき逃げしたという確証はなかった。それでもこれまでの経緯から賢太郎は遥香の事故に佐々木が関与していることを確信していた。それでこの暴挙に及んだと告白した。

もちろんこのことは警察の取り調べでも話はしてみたが、取り合ってくれなかったという。警察も一応は佐々木の周辺を調べてはみたが、研究内容などに関してはおおよそ警察捜査の手が及ぶはずもなく、通り一遍の捜査が行われただけだった。佐々木の事故当日のアリバイも証明され、佐々木はその容疑者リストから外された。実際に遥香をひき殺したのは栗栖であり、それは当然のことであった。ひき逃げ事件に関しても発生からかなりの日にちが過ぎ、ほぼ迷宮入りの様相を呈していた。恵子はこうして事の真相を顕在化させることを決心したのである。

この話を聞いても晴彦はまだ二の足を踏んでいた。跡継ぎを失ったとは言え、開業医として、また地元医師会の副会長として長年この地の医療に深くかかわってきた彼にとって、いろんなしがらみが彼を躊躇させていたのだった。

「もうよろしいわ。あなたはあなたの思うようになされば……。でもね、私はこのままにはしないから。必ず遥香の無念を晴らすから！」

恵子は強い口調でそう言った。「あなたは遥香の本当の父親ではないから」という言葉が喉元まで出かかったが、かろうじてそれは回避した。恵子がその言葉を口にした瞬間、偽装の家族は破滅の家族となってしまうことがわかっていたからだ。ただ、もしかしたら遥香に対する愛情は私と夫の間では大きな隔たりがあるのかもしれないとも思った。これがＡＩＤ治療の結末だとしたらあまりにも残酷すぎる。私たちはどうしてあんなに屈辱的な思いをしてまで受けた治療で、またこんな思いをしなくてはならないのか、自分たちの選択はやはり根本的に間違っていたのか、そんな思いが恵子の胸を去来した。

その後、恵子は一人で、賢太郎がそのファイルを預けているという場所に赴いた。そこは賢太郎が育った小菅の養護施設だった。荒川を渡り葛飾区に来るのは、賢太郎との面会以来、久しぶりだった。高倉家のある白金とはその街のたたずまいはまったく異なり、下町風情の漂う町並みが広がっていた。小さな町工場や昔ながらの八百屋や豆腐屋、道路や家並みは少しだけ薄汚れた感じがした。

タクシーは間もなく施設に到着した。ここが、あの賢太郎が育った施設……。何もかもが裕福な高倉家とは違っていた。建物は老朽化しており、壁の塗装も朽ち果てていたが修復された跡はない。おそらく何十年もこのままだったのだろう。入り口の大きな枝垂れ桜だけが際立って美しかった。中に入ると小さな窓のある受付があった。中を覗くがやはり誰もいない。

「ごめんください」

恵子は声をかけるが応答がない。もう一度。

「ごめんください」

と少し大きな声でお伺いすると、中から六、七歳であろうか小さな男の子が出てきた。

「こんにちは」

その子はぺこりと頭を下げた。そのお行儀のよさに恵子は少し救われたような気がした。こんなところで育った子どもは皆、行儀などわきまえず、ひねくれた子が多いのではないかと勝手な偏見を持っていた。意に反しその男の子は決して恵まれた環境にはないはずにもかかわらず、その瞳には一点の曇りもなかった。

「ちょっと待っててください。園長先生を呼んで来ます」

そう言うと男の子はまたぺこりと頭を下げて、奥のほうへ走っていった。ほどなくして奥から年老いた一人の女性が右足を少し引きずりながら姿を現した。

「いらっしゃいませ」

園長と思しきその老女は深々と頭を下げた。

「先日、お電話をさせていただきました高倉でございます」

恵子も深く頭を下げた。

「お待ちしておりました。さあ、こちらへどうぞ」

園長は暗い廊下の奥にある応接室と書かれた部屋へ恵子を案内した。ここを訪れる人間は少ないのであろう。誰が来たのかと廊下の脇の部屋の窓から小さな顔が二、三覗いた。恵子がそちらを向くと恥ずかしそうに皆、顔を隠した。

「これ、お客様にご挨拶なさい」

園長がそう言うと、みんなで姿を現し、「こんにちは」と頭を下げた。恵子は思わず笑みをこぼした。そう言えば遥香にもこんなときがあったなとふと思い出した。

「今日はようこそお越しくださいました。ここの園長をさせていただいております大本でございます」

「お忙しいところ、誠に申し訳ございません」

恵子は改めて深々と頭を下げた。園長は優しい笑みを浮かべ、温かいお茶をすすめた。

「早速で恐縮ですが……」

恵子は話を切り出した。本日訪問の意図の概要は電話で伝えてはいたものの、正直どこから話してよいのか戸惑っていたが、仏門に帰依したというその園長は恵子の話を一つひとつ丁寧に聞いてくれた。

「大変なご苦労をなさったのですね」

そう声をかけてくれた。恵子は涙をこぼさずにはいられなかった。初対面の人の前でこんなに素直に話をしたのも初めてだし、自分たち夫婦が秘匿してきたＡＩＤ治療について人様に話すのも、もちろん初めてだった。そして初対面の人の前で涙をこぼしたのも初めてだった。これもその園長の温かい人柄と仏門に帰依したという彼女の包容力に感化されたせいだったのかもしれない。

「まずはお亡くなりになった遥香さんとそしてうちの子である賢太郎君に黙祷をささげましょう」

そう言うと彼女はこうべを垂れた。恵子も深く黙祷した。

「でもね、お母さま。遥香さんと賢太郎君は今頃ご浄土で二人仲よく、いや三人だわね、生まれてきたお子さんと三人で新しい家庭を築いて楽しくやってらっしゃいますよ」

園長はそう言った。

「ご浄土で……」

その言葉は恵子にはあまりなじみのないものであった。

「そう。浄土真宗ではね、亡くなった方はみんな仏さまになられてご浄土にあがられるのです。そうしてときどきこの穢土(えど)、それはこの私たちが生きている今の世界ね、こちらにお戻りになられて、我々を見守り、導いてくださるのよ」

そう説明してくれた。

「それとね。家族というのは何も血のつながりがすべてではないと私は思います。ほら、ごらんなさい。ここにいる子どもたちはみんな何らかの事情で血のつながった親御さんとはご縁がなくなった子たちだけど、みんなここでは家族なの。賢太郎君もここの家族だったし、私は今も彼は私の家族だと思っているの。だから彼が亡くなったと聞いたときは本当につらく、悲しかったわ。あなたにもこの気持ちはおわかりになるでしょ。あなたも大切なお嬢さんを失ったのだから」

もちろんその気持ちは恵子にも痛いほどわかった。我が子を失った親の気持ちは胸を張り裂かれんばかりのものである。

「私はね、あなたのご主人も同じ思いだったと思うのよ。それは不妊症でお悩みになられた結果、そういう治療で授かったお子さんだったかもしれないけど、あなたにとってもご主人にとってもそれはそれは待ち望んだお子さんであったわけだし、かわいくないはずがないでしょう。特にご主人はあなたに対する贖罪の思いもおありになったと思うのよ。もちろん遥香さんに対してもそうでしょうけど、あなたに対しても申し訳なく思っていらっしゃると思うの。それを口にされたかどうかはわからないけど、あなたが遥香さんのことをこの上なく大切に思っていらっしゃるように、きっときっとご主人もそう思ってらっしゃったと私は信じますよ」

恵子は園長の言葉にハッとした。自分だけが遥香の死を悼んでいると思っていた。夫は実の子じゃないから自分の思いとは違うのではないかとどこかで邪推していた。そのことを園長に見透かされたような気がした。

「あなた方は皆家族なのです。誰と誰が血がつながっているとかいないとか、そういうことでなくて、あなた方がこれまで歩んでこられたすべてがあなた方家族の歴史なのです。だからどうか遥香さんのことをいつまでも忘れないでいてあげてください。ご供養というのはね、何も派手なご葬儀をしたり法要をしたりすることではないのです。ただただ、仏さまになられた方をいつまでも忘れないこと、これが一番のご供養なのです」

園長はそう言って優しく微笑んだ。

「ありがとうございます」

恵子はただ頭を下げるだけだった。そして園長は少し言いにくそうにこう続けた。

「それとね、高倉さん。誠に出過ぎた言い方になるかもしれないけど、賢太郎君のことをどうか許してあげてください。彼は本当に遥香さんのことを愛していたと思います。彼がここを訪ねて来たとき、いろいろ悩みはあったみたいだけど、彼が唯一はっきり私に言ったのは、初めて自分に大切な人ができた、必ずこの人を守るんだってね。私、少し驚いたんですよ。彼は小さい頃からどちらかというと引っ込み思案で決して人前で何か自分の思いを声高に言うような子ではなかったから。それがあのとき、遥香さんに対する思いだけはそうはっきり言ったんです。私はその言葉を聞いたとき、ああこの二人にはどうか幸せな家族になって欲しい、そう思ったんです」

　恵子の知らない賢太郎の姿だった。高倉家を訪れたときもぼそぼそとした物言いでこの上なく頼りなく到底遥香の結婚相手としてふさわしくないと一方的に決めつけていただけに、彼の思いを聞かされた恵子は意外な気がした。

「それと……」

　園長は一枚のＳＤカードを手渡した。

「これが賢太郎君から預かったものです。私にはどんなものなのか皆目見当がつきませんが、信頼できる方が来たらこれを渡してほしいと言って私に預けていきました。今日、あなたにお目にかかって、これをお渡しするときが来たのだと思いました」

　そう言うと、そのカードを封筒に入れて恵子に手渡した。

「ありがとうございます」

　その中に何が記されているのか、正直怖いような気もしたが、これが遥香が残したものだと思うと、もう後には引けないという強い覚悟が恵子にはできていた。

「皆様に御仏のご加護がありますように……」
そう言うと園長は静かに一礼して恵子を見送ってくれた。

晴彦は先日来、恵子と話をしていなかった。いやできなかったというほうが正しいのかもしれない。いざとなったら女のほうが度胸が据わっているのかもしれないと思ったし、彼女は実際には医師としての立場がよくわかっていないからあんな大胆なことが言えるのだとも思った。晴彦は遥香の手紙を何度も読み返し、自分が遥香の父であったのか改めて自問した。血のつながりがないことは始めからわかっていた。しかし遥香が幼稚園の入園式のとき、不安そうに自分の手をぎゅっと握ったあの小さな手の温かさは決して忘れたことはない。医学部の合格発表を恵子と三人で見に行き、受験番号を見つけて三人で泣いたことも鮮明に覚えている。三人はいつも家族で、そしてまぎれもなく親子だった。どうせ跡継ぎのいなくなったこのクリニック、ご先祖様には申し訳ないが、自分は遥香の無念を晴らす。その発端が自分の無精子症にあり、ＡＩＤ治療を選択したことにあったとしても、賢太郎との結婚に反対したことがその原因だとしても、遥香が仮に自分のことを許してくれなかったとしても、それでも晴彦は覚悟を決めた。それは遥香が自分の大切な娘であり、恵子と遥香が自分の大切な家族であるからだった。

「高倉先生、それは本当の話ですか……？」
晴彦は同じ地区で耳鼻科の開業医をしている橋本のクリニックを訪ねていた。彼は晴彦が所属する東京都第二医師会の会長であり、古くからの友人でもあった。晴彦は恥を忍んでこれまでの経緯を話した。現役の明慶大学の教授が信じがたい違法な生殖医療に手を染め、あまつさえ金銭を授受していたと聞かされた橋本は、同じ医療に携わる者として絶対に佐々木を許せなかった。

「それでね、橋本先生。私はこの事を公にして佐々木教授を糾弾しようと思っているんだ。それには私一人の力ではどうしようもない。医師会として何とかサポートしてもらえないだろうか」

晴彦は拳を握りしめ、絞り出すようにそう言った。

「それは……」

橋本は言葉に窮した。無論、このような不正医療がまかり通ることは断じて許されるべきではない事は明白だったが、医師会として明慶大学の現役教授を糾弾するということの意味を医師会長である彼は熟知していた。大学側はおそらく佐々木を擁護し、あらゆる手段で医師会に圧力をかけてくるだろう。救急対応、医師派遣、医療保険査定……、考えるだけで眩暈がしそうだった。しかし医師会の会長と副会長として長く苦楽を共にしてきた晴彦の渾身の頼みをむげに断ることもできなかった。晴彦の愛娘である遥香のことも彼女が幼い頃からよく知っており、自分の娘ともよく遊んでいた頃のことを思うと、このまま捨て置くことは到底できなかった。

「とりあえず理事会に諮ってみよう」

橋本は何とか晴彦の力になってやりたいと思った。

案の定、理事会は紛糾した。この件に関しては緘口令を敷いて決して口外しないよう各理事にはくぎを刺したが、おそらくこの件はまもなく医師会の噂になるだろう。晴彦はそのことも覚悟していた。どんなに好奇の目にさらされようと自分は遥香の仇を取ると固く心に決めていた。橋本は自分の進退をかけて各理事に働きかけ、東京都第二医師会として明慶大学医学部に質問状を提出することとした。

晴彦と橋本は医学部長に面会のアポを取り、大学を訪れた。当初質問状の受け取りを拒否していた医学部長も、その内容があまりにも驚愕するものであり、また二人の熱意と、内心その執拗さに辟易し、質問状を受け取らざるを得なかった。事態を重く見た明慶大学医学部は緊急教授会を開き、事の真相の解明に動き出した。万一、質問状の内容が真実なら、地域の医療を牽引し医学生を教育する立場の大学医学部としては致命的な問題であり、大変なスキャンダルになることは免れない。早速、査問委員会が設けられ佐々木教授は事情を聴取された。聴取は三度行われ、査問委員会も四度目の開催となった。しかし佐々木は晴彦がその患者であったことを突きつけられても、のらりくらりと曖昧な供述をし、自身の罪を決して認めようとはしなかった。大学としては、違法な治療行為を明らかにするには至らず、この件は不問に付すとの結論を出し、その旨を医師会に報告した。予想していたとはいえ、その事なかれ主義な大学医学部の姿勢に晴彦も橋本も大きく落胆した。それでも晴彦はこの件を曖昧にする気は毛頭なかった。

晴彦は再び動き始めた。遥香の、恵子の、そして自分の大切な家族のために動き始めた。遥香のひき逃げ事故に関する捜査状況を何度も問い合わせたが、いつも捜査が行き詰まっていると同じ返事だった。当初は普通の、いや決して普通ではないのだが、ひき逃げ事故として捜査が進められていた。当然、現場検証など詳細な捜査が行われたが、有益な証拠は挙げられていなかった。

当初、大学での事件との絡みもあり、佐々木もその捜査線上に上がったが、彼はその時刻、製薬会社主催の講演会で講演をしており、完璧なアリバイがあった。周辺の監視カメラなども詳細に捜査され、車は同定されていたが盗難車であり、犯人の決め手にはならなかった。

晴彦はその通り一遍な捜査に業を煮やし、あまり気は進まなかったが、伝手をたどって警察に圧力をかけることにした。晴彦の母方の従兄である鈴木は警察庁の元次長であり、今も警察行政に顔の利く存在であった。こういうことで頼みごとをするのは本意ではなかったが、事ここに及んではすがるところはもうほかに思い当たらず、恵子も覚悟を決めて動いているわけであり、晴彦はその従兄に頼むことにした。従兄も遥香の死のことはもちろん知っており、残された晴彦と恵子のことを心配していた。

「わかったよ。晴彦君、それにしても何ということだ。警視庁には私から早速言っておくから」

彼は憤慨したようにそう言った。自分のお膝元の失態に彼は面目をつぶされたように感じた。鈴木は遥香が幼い頃に何度か会ったことがある程度だったが、脳外科医となり活躍していることは耳にしていた。その彼女の突然の訃報には驚いたものだが、従弟の子ということでそこまで深くは考えていなかった。しかし、佐々木の違法な医療行為を含め晴彦の言うことが真実であるとするならば、元警察官僚としては決して放置するわけにはいかない。担当部局に早急な対応を促すことにした。

警視庁の担当者が高倉家を訪れたのは鈴木に依頼した翌日のことだった。あまりのその対応の早さに晴彦自身が一番驚いていた。やはり警察組織というのは縦社会のようだ。鈴木の鶴の一声で警視庁は捜査体制を立て直すことを余儀なくされた。

恵子が持ち帰ったＳＤカードも警察に渡した。これまでの経緯について二人は包み隠さず事細かに説明した。それにはＡＩＤ治療のことも含まれていた。警察の人間もＡＩＤ治療に関する知識はまったくなく、むしろその内容に当惑した様子だった。妻にほかの男の精子を注入して妊娠させ、生まれてきた子どもを自分の子として育てる……。ごく普通の男として結婚し子どもを設けている彼らにはおおよそ想像すらできないことであり、晴彦に対し、奇異で少し侮蔑的な印象を持たざるを得なかった。何不自由のない裕福な開業医である晴彦に対し、一公務員の彼らであったが、男としてのその動物的本能において、晴彦より優れていると心の奥底で優越感に似たものを感じていた。そして彼らのその思いは晴彦にもどことなく伝わっていた。

ＳＤカードには間違いなく違法な医療行為の詳細が記録されていた。そこには佐々木だけではなく栗栖の関与も明らかにされており、警察は栗栖をはじめ、この違法な行為に関与したすべての人間に対して捜査の手を拡大した。

科捜研の捜査により事故現場周辺の監視カメラの映像の解析から栗栖が被疑者として逮捕されたのはそれから二ヵ月後の朝のことだった。栗栖は自身の犯行を認めた。しかし、彼は一人で地獄に落ちるようなことはしなかった。もちろんこれまでの佐々木の違法な医療行為を供述し、自分はパワハラにより共同研究を余儀なくされ、遥香殺害を佐々木に命じられたとも供述したのだった。間もなく佐々木も任意同行の上、逮捕された。

現役の医学部教授と准教授が逮捕され、明慶大学は大変な騒ぎになった。違法な医療行為が秘密裏に行われていたこと、医師でありながら人を殺めてしまったこと、そしてその人間を教授として選出してしまったこと等々により、その権威は地に落ちた。形ばかりの査問委員会の在り方も世間の非難の対象となった。週刊誌には白い巨塔の裏の顔、精子提供による違法な不妊治療、ひき逃げの犠牲になった美人脳外科医は何をつかんだのか？　その相手は官能小説家⁉　など無遠慮で下劣で無責任な見出しがその誌面を踊った。

当然テレビの情報番組も一斉にこの話題を面白おかしく取り上げた。産婦人科が専門でもない精神科の医者が視聴者受けするように扇動的なコメントを無責任に垂れ流すことで、世間ではＡＩＤ治療が大きな誤解を受けつつあった。そのことは不妊に悩み、ＡＩＤ治療以外選択肢のない夫婦の心を大きく傷つけた。そして唯一の治療法であるＡＩＤを不浄で忌み嫌うべきものと考える人も出てきた。

「夫以外の精子を身体に受け入れるなんて、ありえない、気持ち悪〜い」

「そこまでして子どもが欲しいの？」

「無精子症の男って男として生きる価値ないよね！」

　無責任で非常識な言葉がネットには数多く上げられた。遥香と賢太郎の血縁関係については警察内でも極秘事項として取り扱われたため幸い表沙汰になることはなかったが、脳外科医と官能小説家という組み合わせはそれだけで世間をざわつかせるには十分なインパクトがあった。

　佐々木と栗栖は医学界から、いや世間から追放された。二人は当然懲役刑となり、医師免許は剥奪された。彼らが医師として復帰することは二度とない。いやあってはならない。晴彦と恵子はそう思った。ただ、しばらくすれば世間はこの事件のことなど忘れ去ってしまうのだろう。

　晴彦はこれまで通り白金でクリニックを開業していたし、恵子はその手伝いをしていた。マスコミが大騒ぎしていた当時はすざまじい誹謗中傷やネットへの心ない書き込みが続き、クリニックにもいたずら電話が絶えなかった。しかし警察はそれらに対し厳重に対処し、時間とともにそういった中傷も次第に減っていった。

　事件のことが明るみになって一時的に患者は減ったが、その後日が経つにつれて患者は自然と戻ってきた。それはこれまでの晴彦の真摯な診療姿勢と恵子の献身的な内助の功をみんなが知っていたからだ。そして温かい言葉をかけてくれた。

　事件のことを明らかにしようと二人が決めたときから、世間の目にさらされることは承知の上だった。晴彦も恵子もそれは十分覚悟していたことだ。それでも心が折れそうになることもあったが、お互いに励まし合い、つらいときを乗り越えた。そうすることがせめてもの遥香への贖罪だと思ったからだ。

遥香を結果的に死に追いやったことは悔やんでも悔やみきれないことだったが、それは後悔しても今やどうしようもない。こうすることが正しかったのか、それとも遥香を死後再度つらい目に遭わせることになってしまったのではないか、考えれば考えるほどわからなくなったが、佐々木と栗栖のことをあのままにしておくことは今後また自分たちのような不幸な家族を増やすことになるかもしれない、そう思うと二人に後悔はなかった。それが家族の使命だと確信したからだ。

エピローグ

遥香の一周忌、晴彦と恵子は鎌倉にある高倉家の墓に参った。高台にあるその墓地からは鎌倉市内とその向こうに相模湾が一望できる。遥香が幼い頃、三人は亡くなった高倉の両親と一緒に折に触れここに来ていた。遥香は墓地に上がる長い階段を嫌がったが、お墓に来るとその素晴らしい眺めをいつも喜んだ。晴彦と恵子はそんなたわいもないことを思い出していた。

そこには遥香と生まれてくるはずだった男の子の遺骨が納められていた。そして今日は賢太郎の遺骨も高倉家の墓に納めるべく、養護施設の園長から引き取ってきていた。恵子が園長にその旨を申し出たとき、

「これで賢太郎君にも本当の家族ができるのね……」

そう言って園長は涙を流して喜んでくれた。

賢太郎の遺作『蒼い月』が文芸新人賞の佳作に選ばれたのは、彼の死から半年が過ぎた頃だった。この遺作は賢太郎の渾身の作品であり、彼の逮捕後も青弦社の田辺が担当編集者の竹島に掛け合って、最終的に上梓にまでこぎつけた。当初は著者が逮捕という異例の事態に幻春社もその出版を断念しかけたのであったが、田辺は粘り強く交渉した。

ようやく世に出た『蒼い月』はネットを中心に若者の支持をうけ、徐々に売り上げ部数を増やしていった。そして文芸新人賞にノミネートされるに至ったのだ。選考においては著者が刑事事件の容疑者だったという点が問題にされたが、その新鮮な切り口とやや稚拙ながら真摯な文体が新人らしいとの高評価で佳作に入選

したのだ。

晴彦が賢太郎のお骨を納め、恵子は上梓された彼の遺作を墓に供えた。賢太郎のはにかんだ、それでも少しだけ誇らしそうな笑顔が雲の切れ間に浮かんだような気がした。

二人は静かに手を合わせた。晴彦と恵子が顔を上げたとき、海から一陣の風が二人の頬を撫でた。

「パパ、ママ、ありがとう」

二人は遥香の声を聴いた。それは確かに遥香の声だった。そして、新しい家族が生まれた瞬間だった。

あとがき

少子高齢化は本邦の大きな問題であり、日本はその最前線に立たされている。女性の社会進出が進み、初産時の高齢化も指摘されている。そんな中、不妊に悩むカップルも少なくない。ＬＧＢＴの中には挙児希望の人も居り、問題は複雑である。今回取り上げたＡＩＤ治療は一九四八年に第一例が報告され、すでに七十年以上の歴史があり、これまでに一万人以上の子どもが生まれたともいわれる。しかしそれはあくまで不妊治療、すなわち親の立場に基づいたものであり、生まれてくる子どものケアは十分とは言い難い。その告知についても法律の整備は著しく遅れており、不妊治療の最先端技術と法整備の間には大きなギャップがある。また昨今、ネットの拡大により第三者の精子がアングラに取引されることもあり、随伴する感染症などさまざまな問題をはらんでいる。

拙著ではＡＩＤ治療により生まれてきた子どもの立場になって、その複雑な環境、思いに焦点を当て、ＡＩＤ治療の問題点を提起してみた。不妊治療に携わる者は親のみならず、すべての医療関係者を含め、生まれてくる子は「親のモノ」ではなく、あくまでも「一人の独立した人格」であることを改めて考える必要がある。

今回の上梓に際し、ご教示を賜った盟友、医療法人絹谷産婦人科院長　絹谷正之先生に心より感謝申し上げます。

原田 クンユウ（はらだ くんゆう）

1963年東京、目黒区生まれ。広島市育ち。1989年広島大学医学部医学科卒業、1995年広島大学大学院医学系研究科修了。日本学術振興会特別研究員として悪性脳腫瘍の研究に従事。医学博士。ドイツ政府国費留学生（DAAD）としてハノーファー医科大学留学。2021年浄土真宗本願寺派の僧籍を取得、「釋　妙薫」の法名をいただく。現在、広島県福山市内の病院で脳神経外科医、リハビリテーション科専門医として診療に従事し、医師・僧侶として多くの患者の支持を得ている。著書に『蒼い月』（幻冬舎）、『輪舞 - Zellen』（南々社）、『太陽の破片』（南々社）など。びんご経済レポートにエッセイ「おやじの放浪記」を好評連載中。

偽装の家族

2023年3月30日　第1刷発行

著　者　　原田クンユウ
発行人　　久保田貴幸

発行元　　株式会社 幻冬舎メディアコンサルティング
〒151-0051　東京都渋谷区千駄ヶ谷4-9-7
電話　03-5411-6440（編集）

発売元　　株式会社 幻冬舎
〒151-0051　東京都渋谷区千駄ヶ谷4-9-7
電話　03-5411-6222（営業）

印刷・製本　中央精版印刷株式会社
装　丁　　秋庭祐貴

検印廃止

Printed in Japan
ISBN 978-4-344-94280-6 C0095
幻冬舎メディアコンサルティングＨＰ
https://www.gentosha-mc.com/